女主角一定很漂亮、
又會被王子殿下
捧在掌心呵護吧？
U0075378
告白預演系列 12
女主角培育計畫
原案／HoneyWorks 作者／香坂茉里
監修／Virtual Johnny's Project 插圖／ヤマコ

我要出發去…

告白嘍！

Kadokawa Fantastic Novels
告白預演系列 12
女主角培育計畫
原案／HoneyWorks
作者／香坂茉里
監修／Virtual Johnny's Project
插圖／ヤマコ

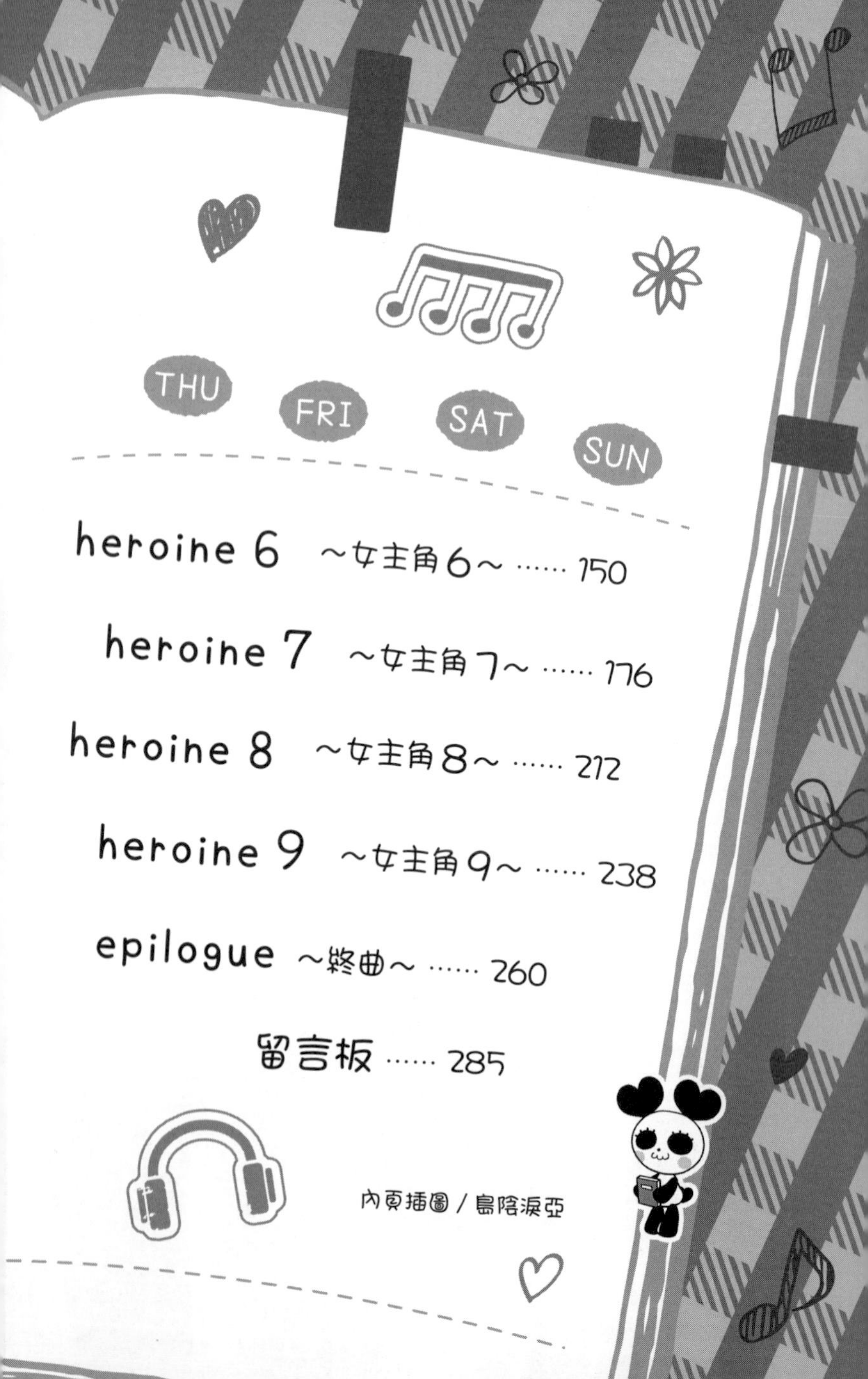

內頁插圖／島陰涙亞

CONTENTS

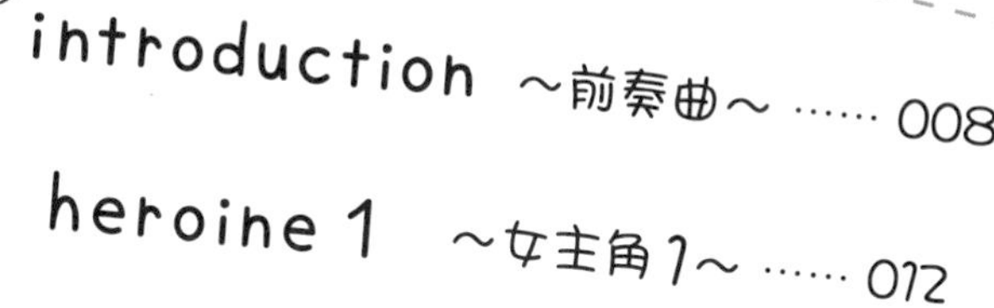

introduction ~前奏曲~

如果是女主角的話——

一定長得很漂亮，又會被王子殿下捧在掌心呵護吧？

既溫柔又帥氣，完全符合自己理想的王子殿下，某天突然出現在眼前。

「妳就是我的公主殿下。」

用甜膩的嗓音這麼輕喃，輕鬆地將自己一把抱起。

人家有時會想像這種如夢似幻的情境，然後陶醉其中。

可是，現實完全不是這樣。

倒映在鏡中的，是穿著鬆垮垮的運動服、不管怎麼看，都極其平凡不起眼的路人少女。

introduction
～前奏曲～

人家這種土包子，要是也能成為女主角的話……只是說說而已啦。

鼓起幹勁喊了一聲「好！」之後，日和從衣櫃裡挖出自己所有的衣服。雖然全數試穿過一輪，但路人少女終究是路人少女。

最後，她決定放棄，整個人倒在散亂四處的衣服堆上。

誰來幫人家做個大改造吧——

把人家的髮型和服裝都弄得很可愛。

「王子殿下都不出現呢……」

總有一天會和人家相遇的王子殿下。

你現在在哪裡、又在做什麼呢？

神啊——

人家會耐心等待的。

仰躺成大字狀的日和，忍不住「唉……」地落寞嘆了一口氣。

introduction
～前奏曲～

也能變成公主的話…
只是說說啦。

heroine 1 ～女主角1～
我這樣的土包子，

heroine 1 ～女主角1～

暑假結束後，即使進入九月，炎熱的天氣感覺仍會持續好一陣子。

就算躲到陰影處，仍讓人熱到滿身大汗。

這天的美術課，老師安排眾人到戶外寫生，因此涼海日和跟幾名要好的女同學一起來到中庭。有些人畫彼此的肖像畫、有些人試著畫下花圃裡的花卉，不過，比起握筆的手，大家的嘴巴似乎更忙碌。

幾個女孩子聚在一起，就會嘰哩呱拉地打開話匣子，或許也理所當然。

她們聊天的話題，是同班同學柴崎愛藏和染谷勇次郎。

人氣高中生偶像團體「LIP×LIP」的兩人。

在入學典禮當天，日和才得知這件事。

為了繼續練從國中時開始投入的田徑，選擇離開老家、遠赴櫻丘高中念書的她，對偶像藝人一無所知，也完全不認識這兩個人。

就算是大都會的學校，班上有同學是偶像藝人這種事，想必也很少見吧。看到這兩人在入學當天就引起一陣騷動時，日和雖然吃了一驚，但她現在已經徹底習慣這樣的光景了。

被班上的女孩子團團包圍的兩人，一邊和大家開心聊天、一邊動筆畫畫。

發現勇次郎探出身子想看自己的畫作時，愛藏迅速以手遮住素描本，像是在向他抗議：「別看啦！」

被勇次郎以壞心眼的表情調侃後，愛藏漲紅著一張臉開口反駁。

看著這樣「感情融洽的兩人」，周遭的女孩子紛紛笑出聲來。

即使待在一段距離外，日和仍能聽到他們開心說笑。

「真好～……我也好想畫愛藏跟勇次郎的肖像畫喔～」

「要是妳有勇氣加入那群人之中，就請便吧～」

「不不不！我還是待在遠遠的地方看就好了！」

跟日和聚在一起的女孩子們，和樂融融地這麼聊著。

「對了，妳們看過新推出的ＭＶ了嗎？」

「擔任女主角的那個女孩子好可愛呢～我也好想像那樣，讓那兩人當自己的護花使者喔。」

「光是被那兩人拾起手，我敢說自己絕對就會昏倒！」

大家熱烈討論著兩人的歌曲「Non Fantasy」的ＭＶ。

實際上曾在拍攝現場待過的日和，此刻心情其實有點複雜，也不太能融入大家的對話。

受擔任女主角的那個女孩之託，前往湖畔替她撿拾手套的時候，日和不慎整個人掉進湖裡；之後又因為跌倒，把咖啡潑到女主角的裙子上。這些捅漏子的回憶接二連三浮現，讓她不禁想抱著頭發出「嗚嗚～！」的哀號。

想當然，她沒辦法將這些事告訴其他人。日和以工讀生的身分，在那兩人隸屬的演藝事務所擔任經紀人實習生一事，必須保密到家。

愛藏和勇次郎都耳提面命地要她不能說溜嘴。在學校，她也不會和他們交談。

heroine1 ～女主角1～

「小和，妳怎麼啦？」

突然聽到其他女同學這麼問，日和猛地抬起頭來。

周遭的女同學們紛紛對她投以「妳還好吧？」的眼神。

「沒……沒事～～人家在思考要畫什麼。」

日和將手撫上後腦杓，傻笑著蒙混帶過。

「小和，哪個是妳喜歡的類型啊？」

其中一名女同學露出不懷好意的笑容逼近日和，然後這麼問道。

「咦！妳……妳說哪個是指……？」

這個突如其來的提問，讓日和有些心慌意亂，嗓音也忍不住慌張起來。

「愛藏跟勇次郎啊～」

「……兩個都……」

日和若無其事地移開視線，支支吾吾地這麼回答。

（等等，人家才不喜歡……因為那兩個人超級差勁的啊！）

在這間學校裡，明白那兩人本性的恐怕就只有日和了吧。儘管表面上看起來光鮮亮麗，他們其實卻是大有問題的人物。

「就是說啊～一定要兩個人都到齊，才能算是ＬＩＰ×ＬＩＰ呢。妳很內行嘛，小和！」

「我的話，可能還是勇次郎吧～」

「勇次郎也很棒啦，但我喜歡愛藏！」

日和心不在焉地聽著其他女同學熱烈討論的內容，默默揮動手上的鉛筆作畫。

（他們其實完全不是什麼王子殿下啊……）

回過神來時，日和發現自己在素描本上畫下了頭上長角的兩人的Ｑ版。

認真練舞、參與攝影或錄音工作，以及在演唱會上勁歌熱舞時，那兩人看起來真的非常帥氣。

當然，日和也看過他們這樣的一面。

他們每天都能順利消化讓人眼花撩亂的緊湊行程，也讓日和感到欽佩不已。

她明白他們的夢想是什麼，也想從旁支持他們。

日和懷著這樣的想法，以經紀人實習生的身分，卯足全力支援這兩人的演藝生活。然而——

想起兩人平日那些壞心眼的態度，日和忿忿不平地緊握手中的鉛筆。

不知何時，兩人的Q版成了手上握著狼牙棒、嘴巴還會噴火的惡鬼模樣。

被他們踩在腳下的，則是Q版的日和。

目前，日和跟那兩人的關係，大概就是這種感覺吧。

（他們昨天還把工作人員分給人家的點心搶走了～～！）

在攝影工作結束後，把脫下來的上衣或帽子逕自掛在日和的頭上或手上。

毫不留情地把沉重的行李丟給她負責，也是家常便飯。

回想起這些點點滴滴後，日和不禁鼓起腮幫子叨唸：「果然超級差勁！」

周遭的女同學們「咦？」地望向她。

這時才猛然回過神的日和，連忙慌慌張張地以「沒什麼！」敷衍帶過。

替那兩個人維護形象，也是經紀人實習生重要的職責之一。

放學後，日和在出入口換下室內鞋，然後步出校舍。

今天，全校的社團都休息一天，能聽到其他女同學討論著：「等等要去哪裡？」

（好好喔～……人家也好想去吃可麗餅，但今天得打工呢……）

而且，打工的薪水還沒發下來，因此日和仍得過上一陣子的省錢生活。

享受可麗餅的時光想必只能延後了吧。日和忍不住「唉～」地嘆了一口氣。

這在她決定來櫻丘高中就讀時，就已經心知肚明，但自己一個人住在外面，實在是挺辛苦的一件事。

日和不禁微微羨慕起能夠自由享受校園生活的其他學生。

（不行不行，人家早就決定不能說喪氣話哩！）

她搖搖頭重新打起精神，然後再次朝學校大門走去。

途中，瞥見走在前方的雛的背影，日和的表情一下子變得燦爛起來。

「瀨戶口學姊！」

她揮著手朝雛跑過去，雙手拎著書包的雛「嗯？」地轉過頭來。
今年高二的瀨戶口雛，是日和參加的田徑社裡的學姊，也是令她崇拜不已的目標。
她嬌小的體型，以及有著卷卷髮尾的兩束低馬尾，都相當可愛。

「日和。」
雛停下腳步朝日和露出微笑。
來到她的身旁後，日和「咦？」地東張西望起來。
「學姊，妳今天沒跟榎本學長一起嗎？」
「咦！為……為什麼這麼問？」
「因為……常常看到你們一起回家……？」
日和有些疑惑地這麼回答。
隸屬於足球社的高二學長榎本虎太朗，是雛的同班同學。
「那只是因為我們回家的路線相同……跟一起回家是兩碼子事情啦！」
雛慌忙地這麼辯解後，漲紅著一張臉叨唸：「真是的～大家都誤會了啊。」

（瀨戶口學姊果然很可愛呢～……）

雛和虎太朗，似乎是青梅竹馬兼鄰居的關係。因此，在社團活動結束後，兩人時常會肩並肩一起走回家。

也因為這樣，他們經常被謠傳在交往，但現在看上去好像不是這樣。

「兩人明明那麼相配呢～……」

「日和？」

發現雛半瞇著眼盯著自己後，日和連忙以雙手掩住嘴巴。

（人家怎麼又多嘴了～！）

總會不知不覺將腦袋裡想的事情脫口而出，是她的壞習慣。

儘管日和本人也明白這一點，但卻遲遲改不掉。

她連忙以「不好意思！」致歉，不停向雛鞠躬。

「是無所謂啦……反正我也習慣了。」

雛苦笑著這麼回應，然後以「對了」轉換話題。

「日和，這次的體育祭，妳要參加哪個項目？」

「咦？體育祭？」

日和愣愣地反問。

「妳不知道嗎？下個星期的週六會舉辦體育祭。我們班上的人已經開始練習了耶。」

「咦咦咦咦——！但人家的班級什麼都還沒……」

（明智老師也什麼都沒說啊。）

「瀨戶口學姊，妳要參加什麼項目呢？」

「我會參加一千五百公尺賽跑和混合接力賽。我去年也是參加這兩項。」

「接力賽？」

「嗯。感覺接力賽是每年體育祭最能炒熱氣氛的項目呢～」

雛以食指抵著下巴這麼回答。

「人家也想參加接力賽～」

已經開始感到亢奮的日和，忍不住輕輕原地踏步起來。

對擅長跑步的日和來說，體育祭正是她相當喜愛的學校活動之一。

因此，她理所當然會變得幹勁十足。

「這樣的話，你們班可能會變成我們班最強勁的對手喔。」

「接力賽沒有依照學年分組嗎？」

「預賽會依照學年分組。最後，由成績最好的兩個班級進入決賽。」

（所以，如果能進入決賽，就可以跟瀨戶口學姊一起跑步了！）

「人家會努力到可以進入決賽！」

看到日和將雙手緊緊握拳這麼宣言，雛露出微笑表示：

「嗯，我也得加油才行了。」

兩人一邊這麼閒聊，一邊穿越學校大門後，突然聽到一陣騷動。

跟雛一起停下腳步的日和，朝聲音傳來的方向望去，發現了被粉絲們團團包圍的愛藏和勇次郎的身影。

經紀人內田的車子就停在一旁，但兩人遲遲未能上車。

被粉絲們熱情央求簽名的他們，朝日和所在的方向一瞥。

這個瞬間，日和的表情變得僵硬無比，原本拎在手上的書包也「咚！」一聲落在腳邊。

（那兩個人看起來心情都很差耶～～！）

從他們嘴角上揚的角度就能看出來了。

雖然堆出笑容服務粉絲，但實際上心情極度惡劣——就是這樣的表情。

親切地和粉絲們揮手道別後，愛藏和勇次郎坐上轎車。

待車門關上，經紀人內田的轎車便瞬間加速駛離。

「日和？妳怎麼了？」

看到日和淌著冷汗僵在原地的模樣，雛不禁探過頭來這麼問。

「那……那個，瀨戶口學姊，人家接下來得去打工……」

「快遲到了嗎？妳怎麼不早說呢。得快點趕過去才行！」

「不好意思！」

朝雛猛地一鞠躬之後，日和撿起書包開始狂奔。

雖然還想再多跟雛說幾句話，但這也是沒辦法的事。

在前方那條路的轉角處拐彎，然後迅速確認自己的左右側。

踏進較窄的岔路後，可以看到經紀人內田的轎車就停在公園柵欄旁。

（好，沒有任何人看到！）

日和衝向轎車，然後匆匆坐上副駕駛座。

繫上安全帶後，她將書包揣在懷裡，放心地吐出一口氣。

「「太慢了！」」

車子開始前進的同時，愛藏和勇次郎不悅的嗓音從後座傳來。

日和「嗚！」一聲縮起頸子，將視線移向車內後照鏡。

方才的笑容徹底從兩人的臉上消失，取而代之的是冷淡的臭臉。

（大家都不知道他們這樣的一面呢～……）

粉絲們無疑懷抱著「這兩人就是理想的王子殿下」這樣的美夢和幻想。

要是得知他們私底下的樣貌，粉絲們絕對會大受打擊吧。

（為了不讓大家發現這兩人其實表裡不一，人家得多加油才行！）

日和感受著在內心熊熊燃燒的使命感，悄悄將雙手握成拳頭。

隔天的班會時間，日和等人的班級終於要來決定要參加的體育祭項目。

這是日和升上高中後迎來的第一場體育祭，她也因此相當興奮。不過，班上的同學卻都露出一臉嫌麻煩的表情，討論也因此遲遲無法進展。

比較輕鬆的競賽馬上就拍板定案了，但賽跑之類的項目卻都無人願意參加。

幹勁十足地舉手報名一千五百公尺賽跑和混合接力賽的，就只有日和一個人。

（大家……都討厭體育祭嗎？）

日和望向四周只顧著閒聊的同學們。

進入第二學期後，馬上重新換了座位，但她的新座位依舊很靠近勇次郎和愛藏。

日和甚至特地去神社許願「希望這次可以換到離那兩人比較遠的位子」，但抽籤決定座位後，她發現勇次郎和愛藏分別坐在自己的左右側。到頭來，只是從直行相鄰變成橫列相鄰而已。

不知為何，上天總是喜歡給予人們考驗。

日和望向一旁，發現勇次郎趴在桌上熟睡著。他或許壓根沒打算參加討論吧。

看到這樣的他，女同學們則是竊笑著表示：「好可愛喲～」

另一邊的愛藏，則是在和前方座位的男同學聊天。

「柴崎，你要參加哪個項目啊？」

「哪個都無所謂啦。」

愛藏以手托腮，懶洋洋地這麼回應。

（難得的體育祭，但柴崎同學跟染谷同學卻都這個樣子……）

這兩人從不曾積極參與過學校舉辦的活動。或許是因為工作很辛苦，所以他們會極力避免把體力用在不必要的地方，但日和總覺得這樣很可惜。

如此珍貴的校園生活，如果不盡情享受，不就吃虧了嗎？

「要是遲遲沒辦法決定，放學後就要留下來喔～」

聽到坐在椅子上的明智老師這麼說，眾人發出「咦咦咦～」的哀號。

「那我參加接力賽好了。」

愛藏舉起一隻手這麼開口。下個瞬間，女同學們紛紛以「我也要！」「啊，好詐喔～那我也要參加！」搶著舉手報名。

「光是女孩子參加也不行吧。這可是男女混合接力賽耶！」

擔任體育祭執行委員的女同學，一邊在黑板寫下報名者的名字，一邊提高嗓音這麼說。

不過，她這樣的嗓音，有一半仍被班上吵吵鬧鬧的說話聲蓋過。

「啊～……我知道了。那剩下的就由老師來決定吧。」

說著，明智老師帶著一臉無奈的表情從椅子上起身。

「咦咦咦咦咦——！」

「不這麼做的話，你們永遠討論不出結果吧？」

明智老師來到黑板前方，捻起粉筆開始寫名字。

「為什麼我要去跑一千五百公尺！」

「等等，勇次郎也是接力賽的成員？跑接力賽的人太詐了啦——！」

不滿的抗議聲此起彼落。

聽到這樣的分組結果，愛藏一瞬間發出有些嫌惡的「咦！」的驚呼。

「……什麼？」

這時，勇次郎才懶洋洋地抬起頭望向黑板。

或許還沒睡醒吧，他的嗓音聽起來比平時低沉。

終於發現自己被列入接力賽的成員名單後，他不悅地「……啥？」了一聲。

「糟糕透頂……」

能聽到他這句低喃的，大概也只有座位比較靠近的日和了。

「就是這麼一回事啦。體育祭執行委員，之後請把這些整理成一份名單提交出來。」

語畢，明智老師輕敲一聲黑板，笑著表示：「那麼，班會結束。」

鐘聲也幾乎在相同的時刻響起。值日生跟著喊出起立敬禮的口號。

體育祭當天的上午飄著小雨，但到了下午就放晴了，各項競賽也進行得十分順利。現在，剩下的項目是男女混合接力賽的決賽，以及舞蹈大會。

這可算是體育祭的重頭戲，因此，各個班級的加油聲也格外熱烈。

參加接力賽的學生們陸陸續續來到起跑線前方集合。

日和東張西望，發現雛的身影後「啊！」地喊出聲。

跟她在一起的，應該就是雛班上的接力賽成員吧。

（瀨戶口學姊果然很厲害呢～畢竟他們班拿下了預賽第一名啊～）

在上午舉行的混合接力賽預賽中，雛維持著領先的狀態交棒給下一名跑者。不愧是櫻丘高中女子田徑社的王牌。

日和對這樣的她投以尊敬的視線，同時將雙手緊緊握拳。

「人家也得注意不要跌倒，或是被對手趕過去呢！」

身為學妹，她可不能讓最喜歡的學妹看到自己出洋相。

一旁，明智老師則是在和數學老師對峙。

「明智老師，今年的冠軍一定會由我們班拿下。我們跟去年不一樣嘍！」

數學老師以手指推了推臉上的眼鏡，自信滿滿地這麼表示。

「哎呀～……這很難說呢。我覺得今年恐怕也是我們班會獲勝喔。」

明智老師將雙手插在白袍的口袋裡，笑容滿面地如此回應。

（明智老師還挺不服輸的哩……）

平常看起來一副悠哉樣的他，此刻表現出讓日和有些意外的另一面。

「亞里紗～我會很努力跑的，替我加油吧～！」

一名高二的學長，一邊以輕佻的語氣這麼說，一邊從日和身旁走過。

有著偏淺髮色的他，以髮夾固定著過長的瀏海。因為外表看起來相當帥氣，附近的女孩子們紛紛忍不住轉過頭望向他。

「我們又不同班！」

前方的一名女孩子這麼反駁，但這名學長仍嘻皮笑臉地跟上她的腳步。

（是常常跟榎本學長在一起聊天的學長……）

足球社比賽時，那個學長有到現場加油，他也曾看著虎太朗練習，然後在一旁調侃。

「就是說啊，柴健。」

這時，待在雛身旁的虎太朗開口了。

「柴健」似乎是那名高二學長的暱稱。

「你可是最後一棒耶，要好好跑喔。」

被他揪住運動服衣領的柴健「咦～？」地露出悠哉笑容。

「你才不要被對手超前喔，虎太朗～～」

「啥～？我才不會這麼遜啦！」

聽到雛這麼調侃，虎太朗不滿地回嘴。

（瀨戶口學姊的班級氣氛好歡樂喔，真好～）

參加其他競賽項目時，雛的班級也相當團結。競賽總分也是他們班最高。

（我們班沒問題嗎～……）

感到擔憂的日和，不禁望向聚在一起的自家班級混合接力賽成員。

「勇次郎，只有這次，你絕對要盡全力跑。我是真的打算拿下冠軍喔！」

愛藏揪住勇次郎的肩頭一把將他拉向自己，認真地這麼說。

兩人都很適合綁上頭帶的運動風打扮。觀眾席不斷傳來女孩子的興奮尖叫聲。

「……為什麼？」

「沒有為什麼啦！總之，我無論如何都要獲勝！」

看到愛藏舉起拳頭這麼宣言，班上的男孩子發出「喔喔！」的讚嘆聲，為他鼓掌。

（柴崎同學突然變得幹勁十足了！雖……雖然不知道為什麼。）

日和見狀，以「人家也不能輸！」鼓舞自己。

「高一生在熱血個什麼勁兒啊？」

「我才不管他們是偶像還什麼咧，少因為自己被女孩子團團包圍，就在那邊得意忘形啦。」

「那種看起來吊兒郎當的傢伙，真的有辦法跑步嗎～？」

一旁的高三學長，刻意以愛藏等人也聽得見的音量開口挖苦。

日和的耳朵也敏銳捕捉到他們的發言。

（說什麼啊～～！）

這兩人為人確實超級差勁，但卻也比任何人都來得努力。

儘管想以「你們明明什麼都不知道」反駁，但對方可是高三學長。身為經紀人實習生，可不能率先引起爭端。

更何況，那兩人應該也沒把他們當一回事——

日和不自覺地將視線移向一旁，卻發現愛藏和勇次郎雙雙露出可怕的表情，死盯著那幾名學長。

不用開口說話，他們的臉上也寫著：「絕對要痛宰你們！」

（哇啊啊啊！不可以露出這種表情啦～～！）

為了遮住兩人臉上的表情，日和拚命在原地上下跳動。

這麼說來，他們都是不服輸又很容易認真起來的個性。

但就算這樣，要是被看到這種表情，粉絲們想必會退避三舍吧。

「妳在做什麼啊，小和？」

「咦！呃……暖身運動？」

聽到日和情急之下脫口而出的答案，周遭的同學一起笑出聲來。

「小和，妳好有趣喔～！」

「妳也太拚命了吧！」

聽到大家這麼調侃，日和以「啊哈哈……」的乾笑聲含糊帶過。

（這……這也是經紀人實習生的工作！）

加油聲和歡呼聲不斷從觀眾席傳來。來自管樂社的樂聲，在一片蔚藍的晴空中迴盪。

在廣播社進行實況報導的同時，混合接力賽的決賽已經進行到三號跑者接棒。

跑完一圈操場後，棒子被交到四號跑者手上。

虎太朗接棒後，一口氣超越了原本領先的高三跑者，成為跑在最前頭的選手。

或許是棒子交到勇次郎手上了吧，女孩們的歡呼聲突然變得相當激烈。

「呀啊啊——！勇次郎，加油喔～！」

這樣的加油聲不分學年，在觀眾席上此起彼落。

日和配合自己的心跳節奏，在原地輕輕跳動。

勇次郎和高三學長維持著些微的差距從轉彎處跑過來。

為了不被超越，高三學長看起來卯足了全力。

而勇次郎的臉上，也沒了平常那種從容的笑容。

「染谷同學！」

日和忍不住開口大聲呼喚。

高三學長交棒的動作，比勇次郎快了那麼一點點。

勇次郎努力伸長手，將棒子交給日和，他的嘴唇輕輕蠕動說了一句「抱歉」。

「嗯！」

日和確實接下棒子，同時望向前方。

儘管勇次郎總是表現出討厭麻煩事的態度，但在大家對他寄予厚望時，他就絕對會全力以赴。

馬拉松大賽那時也是如此。即使不擅長跑步，他也並未因此逃避。

即使跑得滿身大汗，他仍堅持到踩上終點線。

這次也一樣。所以——

「小和～！加油啊～！」

觀眾席上傳來同班同學的加油打氣聲。

日和在瞬間超越了高三的學長，以跑在最前方的雛的背影為目標，竭盡全力試著追上她。

「喔喔喔～！那個高一生好強喔～！」

觀眾席上有人這麼開口。

跑過最後的彎道後，可以看見雛交棒給最後一名跑者柴健。

「涼海！」

愛藏伸長手大喊。

日和使出全力朝地面一蹬，同樣伸長自己的手。

順利交棒後，愛藏望向前方，朝領先的柴健的背影追了上去。

因為衝勁過猛，日和一不小心雙腳打結，就這樣跌在地上。

聽到滿場的歡呼聲，她吃驚地抬起頭，發現跑過彎道的愛藏，已經快要追上前方的柴健了。

日和連忙從原地起身，移動到操場正中央的位置。

其他參加接力賽的成員，也都聚集在這裡為場上的跑者加油。

「愛藏——！」

「加油啊——！」

觀眾席傳來「哇啊啊——！」的歡呼聲。

即將抵達終點時，愛藏追上了柴健。

愛藏的半邊身體，比柴健更早一步觸及了終點的彩帶。

在熱烈歡呼聲籠罩下，他忍不住帶著滿面笑容，擺出勝利姿勢。

以分毫之差輸給他的柴健，則是雙手扠腰「呼～」地嘆了一口氣。

（那位學長也跑得好快喔……）

日和有些吃驚地眺望柴健的身影。

被參加接力賽的其他成員團團包圍住的愛藏，臉上的表情看起來相當開心。

看到湊過來的男同學們企圖伸手搓揉自己的頭髮，愛藏慌慌張張喊道「住手啦！」避開。

站在他附近的勇次郎，則是垂著頭以手扠腰。

那是看起來彷彿在說「好累啊」的罕見表情。

（不管怎麼說，那兩人都還是願意全力以赴呢。）

看著這樣的他們，日和感到莫名開心。

『參加接力賽的所有同學，請到終點前方集合。』

聽著廣播移動時，愛藏和勇次郎也來到日和身邊。

「呼～！真夠累人的。」

愛藏這麼開口，揪著自己的T恤領口搧風，看起來很熱的樣子。

視線不自覺交會的三人，露出燦爛的笑容和彼此擊掌。

這個瞬間，周遭的同班女同學紛紛「咦！」地轉過頭來。

（糟………糟啦～～！）

日和連忙放下自己的雙手。

愛藏和勇次郎也露出有些尷尬的表情，迅速和她拉開距離。

雖然一時興奮做出這種行為，但這裡可是學校。

女同學們帶著一臉「為什麼這三人這麼要好？」的表情朝這裡逼近。

（噫……噫噫噫～～！人家和平的校園生活啊……！）

一心想要逃跑的日和，忍不住往後退了幾步。

要是被那兩人的粉絲盯上，恐怕各方面都會變得很傷腦筋。

「我也要——！」

「好詐喔！那我也要——！」

群起湧向愛藏和勇次郎身邊的女同學們，像是嫌日和礙事那樣把她撞開。

儘管臉上的笑容有些僵硬，但兩人還是拗不過大家的熱烈要求，只能伸出手和她們輪流擊掌。

就連原本坐在觀眾席上遠眺的女同學，此刻都紛紛朝這邊趕來。

看來，大家似乎都在暗中觀察採取行動的最佳時機吧。

託兩人的福，這些女同學似乎早已忘了日和的存在。

（人……人家好像……得救了！）

日和踩著搖搖晃晃的腳步離開現場，然後放心地輕撫胸口。

一旁可以看到柴健追著某個女孩子離開的身影。

「抱歉～我被一個囂張的高一生追過去了呢～」

「呆瓜……」

在他們擦身而過時，這樣的對話傳入日和耳中。

『接下來即將舉行閉幕典禮。請體育祭執行委員到本部前方集合。』

在日和聽著這樣的廣播內容繼續移動時，一道「能打擾妳一下嗎？」的嗓音傳來。

她轉身，發現一個戴著眼鏡、身材高挑的男孩子，面帶微笑地站在自己眼前。

他是經常跟虎太朗待在一起的高二學長。

運動外套的袖子上，別著一個校刊社的臂章。

日和有些緊張地回應：「好……好的！」

「我是校刊社的山本幸大。可以採訪妳一下嗎？」

說著，幸大掏出原子筆和筆記用的小冊子。

「採訪？你要……採訪人家嗎！」

「嗯。恭喜你們在接力賽拿下冠軍。妳好厲害呢，不愧是瀨戶口同學的學妹。」

「非常感謝你！我相當尊敬瀨戶口學姊！我最喜歡她了！」

日和端正自己的站姿，紅著臉害羞地這麼回應。

「可以說說妳對這次的體育祭的感想嗎？」

「很開心！」

「呃～……能請妳說得更詳盡一些嗎？」

「非常、非常開心！」

因為想不到除此以外的答案，日和以活力百倍的嗓音這麼回答。

幸大先是微微圓瞪雙眼，隨後露出柔和的表情表示：「那真是太好了。」

「是的！」

這麼回應後，日和朝他露出燦爛的笑容。

「謝謝妳。不嫌棄的話，請記得看看明天的特別號外刊物喔。」

替日和拍了一張照片後，幸大這麼表示，接著就離開了。

他或許也打算訪問愛藏和勇次郎吧。

為了和兩人擊掌，女孩子們排成了長長的人龍，看起來簡直像是在舉辦粉絲擊掌會。

勇次郎和愛藏雙雙露出略微疲憊的笑容。

日和遠眺著這樣的光景，「呵呵！」地笑出聲。

「那兩人認真起來的模樣，或許有點帥氣呢……」

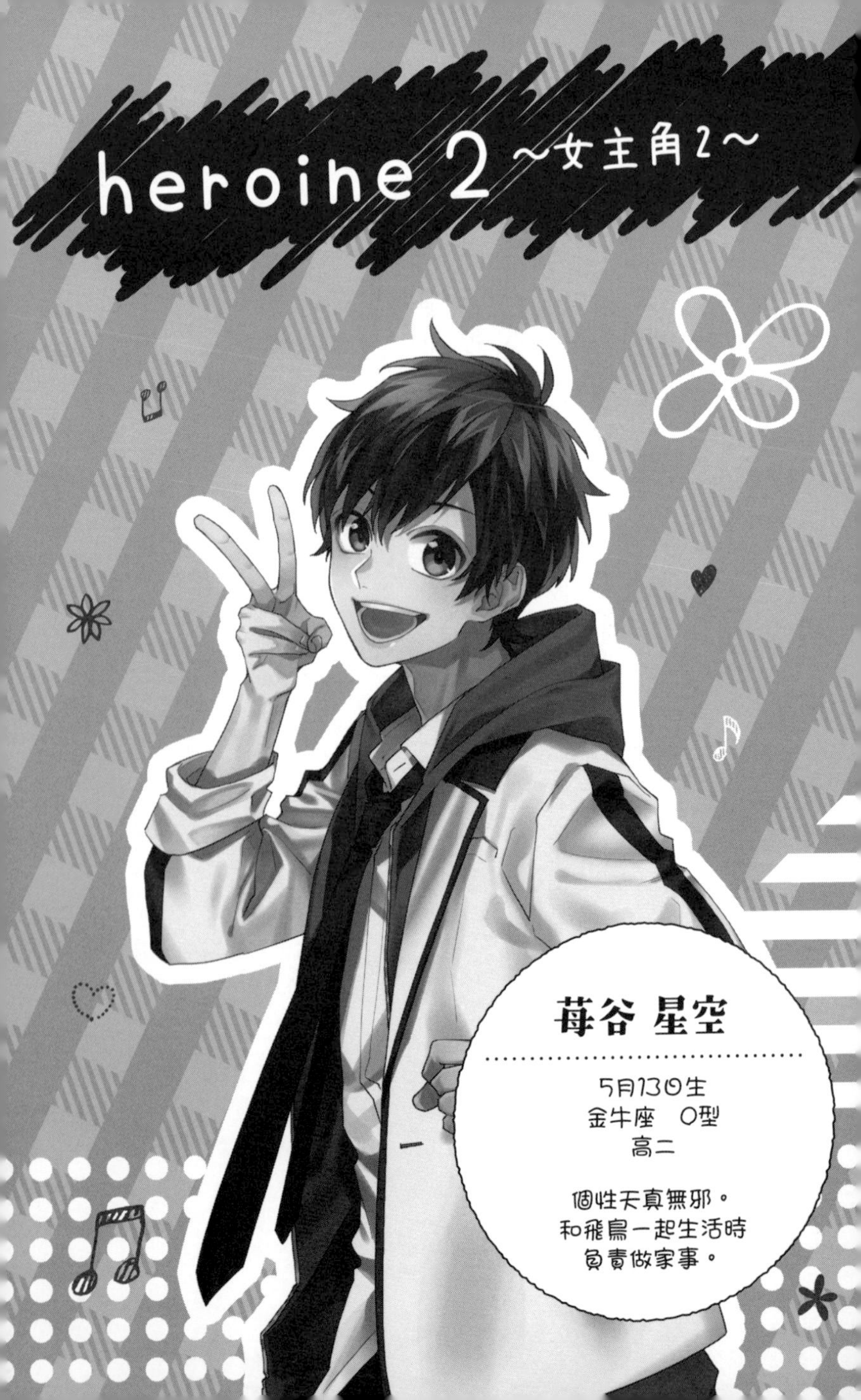
heroine 2 ~女主角2~
莓谷 星空
5月13日生
金牛座　O型
高二
個性天真無邪。
和飛鳥一起生活時
負責做家事。

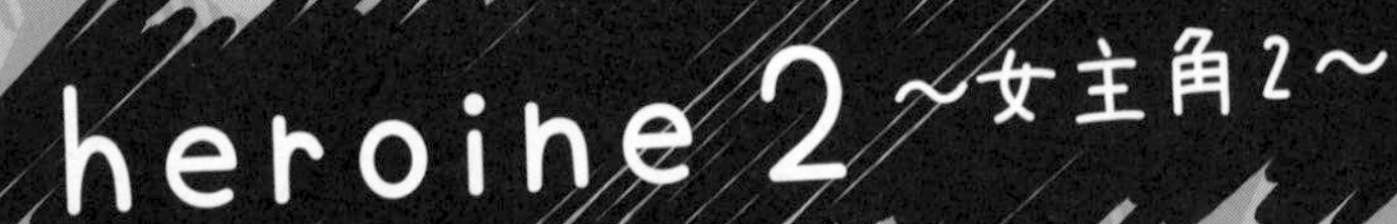

神啊，總有一天會相遇的王子殿下，
現在人在哪裡，又在做些什麼呢？

heroine 2 ～女主角2～

十月第一個星期天，有一份拍攝廣告影片的工作。

攝影所使用的場地，是和市中心有一段距離的某間私立高中的校舍。

因為學校已經搬遷到新蓋好的校舍，這棟老舊校舍目前無人使用，原本預定下個月就要拆除。在這之前，劇組向學校申請了使用許可，將其作為拍攝廣告用的場地。

這天，從一大清早，日和便和工作人員來到這棟校舍打掃、搬運桌椅，不停地忙進忙出。

終於打理出完整的教室場景後，勇次郎和擔任女主角的女孩一同來到現場。

因為是以學校作為舞台，兩人也是一身的制服打扮。

日和捧著紙箱和紙袋，在一段距離外眺望著這樣的兩人。

（這次擔任女主角的女孩也好可愛喔……）

嬌小的臉蛋、明亮的一雙大眼，以及飄逸的髮絲。

日和維持著抱著紙箱的姿勢，試著以手指捻起一撮自己的頭髮。

早上，因為趕著出門，她只是匆匆梳了幾下頭。來到現場忙碌奔走之後，現在的她已經變得蓬頭亂髮。

（這麼說來……來到東京後，人家好像就沒去剪過頭髮呢。）

暑假時，日和一度決定去剪頭髮，也造訪了位在套房公寓附近的某間髮廊。然而，從窗外窺見店裡時髦的裝潢後，她突然心生膽怯，最後終究沒能踏進店內。

之後，日和自己對著鏡子修剪了變長的頭髮，因此瀏海有些不夠整齊。

擔任女主角的女孩子，正和勇次郎並肩站在一起開心聊天。

和她對話的勇次郎，臉上也帶著爽朗的笑容。

不知道是不是日和的錯覺，總覺得望著勇次郎的女孩眼神陶醉不已。

（人家也……去請設計師把髮型剪得可愛一點好了？）

儘管試著用手按壓，但瀏海依舊不聽話地往上翹。

不過，就算把髮型打理好，自己也不會突然變得像女主角那麼可愛吧。

更何況，現在也不是在意這種事的時候。

「好啦，工作、工作。」

日和快步趕往出入口。要做的事還多如山積。

這時，一陣「呀啊～！好可怕！」的尖叫聲傳入她的耳中。

日和停下腳步往後望，發現擔任女主角的女孩緊抓著勇次郎的手臂，拚命閃躲在身邊飛舞的蜜蜂。

（什麼啊，原來是蜜蜂……）

大概是從開了一半的窗戶飛進來的吧。

看到蜜蜂從眼前飛過，勇次郎的表情變得有些僵硬。

一旁的女孩子則是躲在他的身後，不停「呀啊～呀啊～」地尖叫著。

嚇到的恐怕是那隻蜜蜂才對吧。

「妳在發什麼呆啊？」

比較晚踏入教室的愛藏，以一記手刀劈向日和的腦門。

穿著和勇次郎同款制服的他，因為尚未正式開始攝影，領帶並沒有繫緊。

「妳去想辦法解決那個吧。」

「咦咦！人家去嗎？」

「現在就屬妳最閒不是嗎？」

「人家才不閒哩……」

說著，日和望向四周，發現其他工作人員都為了準備攝影而忙得不可開交。

（的確，看起來好像是人家……最閒呢。）

「可別被盯到嘍～」

愛藏將雙手插在口袋裡，背對日和走遠。

看著他快步離開的背影，日和嘆了一口氣。

（……既然這樣，你自己去趕跑那隻蜜蜂不就好了嗎……）

話雖如此，這也是工作。

被工作人員趕走的蜜蜂似乎慌慌張張地飛到走廊上。

日和踏出教室，追著蜜蜂朝隔壁教室跑過去。

這間教室被當成休息室，勇次郎、愛藏和擔任女主角的那個女孩子，等等都會過來這裡，所以不能放任蜜蜂在裡頭亂竄。

進入教室裡後，日和先將原本捧在手上的紙箱和紙袋擱在地上。

東張西望地尋找蜜蜂的蹤影時，她聽到天花板的方向傳來翅膀拍動聲。

日和循著聲音抬起頭，發現蜜蜂繞著螢光燈管飛來飛去。

「染谷同學他……也害怕蜜蜂嗎？」

日和這麼自言自語，同時環顧教室內部。

能用的道具，恐怕只有放在桌上的雜誌而已。

蜜蜂飛到黑板上停下，然後一動也不動。

日和以捲成棒狀的雜誌輕敲一下後，蜜蜂無力地掉到地上。

接著，日和以手帕輕輕將蜜蜂拾起，再打開窗戶讓牠飛出去。蜜蜂就這樣搖搖晃晃地

愈飛愈遠。

「根本沒有必要大呼小叫的嘛～」

說著，日和輕巧地一轉身，卻發現勇次郎就站在自己身後，忍不住「哇啊！」地大喊出聲。

她嚇了一大跳，肩膀也猛地抽動一下。

「染谷同學，你……你什麼時候過來的？」

「妳剛才拿封面刊登了我們的照片的雜誌，狠狠敲向那隻蜜蜂對吧？」

「……咦！」

日和戰戰兢兢攤開捲起來的雜誌，發現封面的確是大大的愛藏和勇次郎。

（真的耶～～！）

「這是今天剛收到的試閱本，我們都還沒看過耶。」

「因為……呃～因為剛好就放在那裡……！」

日和以雜誌遮住臉，小小聲表示：「人……人家不是故意的喔。」

稍稍移開雜誌瞄了一眼後，她發現勇次郎正瞇著眼瞪向自己。

「對不起！」

她以不停顫抖的雙手遞出那本雜誌。

「真是的……害我白跑一趟。」

勇次郎一臉沒好氣地這麼說，從日和手中將雜誌抽走。

走向教室大門的他，右手握著一瓶驅趕蜜蜂專用的噴霧。

（難道……他是因為擔心人家，才過來這裡的嗎？）

無論是在工作時，或是在學校裡，他明明都是一副很冷淡的態度，感覺完全沒把日和放在眼裡。

日和就這樣盯著勇次郎離開的那扇大門片刻。

這時，她聽到走廊上傳來其他工作人員的聲音。

或許差不多要開始進行拍攝了吧。

「人家也得趕快回去才行！」

關上窗戶後，日和快步趕回隔壁的教室。

這天晚上，待在公寓套房裡的日和翻閱著雜誌。

電視螢幕上播放著音樂節目。因為「LIP×LIP」的兩人會在今天這集出現，身為經紀人實習生，她可不能錯過。

日和一邊聽著女子偶像團體的歌聲，一邊翻著手上的雜誌。

這是以兩人的照片作為封面的那本雜誌。

聽勇次郎說收到試閱本，她才知道這本雜誌是今天發行，因此在回家路上繞到書店買了回來。

她看著兩人的訪談內容，將手伸向馬克杯。

回想起那兩人和擔任女主角的女孩開開心心拍攝廣告的光景，日和以手托腮，輕輕嘆了一口氣。

翻到這期雜誌的特別專欄「擺脫路人形象大作戰！」後，日和停下翻頁的動作。專欄

中介紹了秋季流行的彩妝、時尚穿搭和化妝技巧等等。

「從今天開始化身女主角……是嗎……」

看著這句搶眼的口號，日和在啜了一口紅茶後放下馬克杯。

回想起來，至今的人生當中，她從來沒有被男生奉承討好的經驗。

還是小學生的時候，她曾經跟某個老愛欺負人的男生扭打成一團。升上國中之後，又只顧著埋頭練田徑。雖然也曾跟班上的女孩子興高采烈地討論戀愛話題，但日和壓根沒想像過自己喜歡上某個人的情境。

能夠受男孩子歡迎的，永遠都是可愛的女孩子。

日和只有被調侃的份，從來沒被說過「可愛」。

反正，她也只是眾多路人少女的其中一個。

用少女漫畫的角色來比喻的話，她就是只會在頁面一角登場的某個同班同學。

沒有台詞，也沒有名字。大概就是這樣的角色吧。

（會不會有王子殿下出現在人家眼前呢……）

只有一次也好，日和很想變身成女主角，體驗宛如少女漫畫那樣的戀愛。

就算是路人少女，懷抱這樣的夢想應該不為過吧。

反正也不可能在現實生活中實現。

既然只是妄想，乾脆把自己理想的條件全都加上去。

（希望他是個帥氣、溫柔又很棒的人呢……不但擅長運動，也很會念書。）

當然，這樣的他，個性也不會對人使壞，更不會叫她土包子。

是徹頭徹尾、真正像個王子殿下的人物。

就算只有一次也好，如果能聽到這樣的人——

「我最喜歡妳嘍。」

對自己說出這種話——

日和趴倒在矮桌上開始打瞌睡。

ＬＩＰ×ＬＩＰ的歌曲開始從電視機播放出來。

在熄燈狀態的大型演唱會會場舞台上，有四個人正在進行令人嘆為觀止的表演。

這樣的光景，透過正面的大型電視牆播放出來。

所有觀眾都配合電音曲子的節奏跳起。

每當他們揮手，套在手上的手環就會變色成紅色或藍色。

今天，日和來看名為「Ｆｕｌｌ Ｔｈｒｏｔｔｌｅ ４」、通稱「ＦＴ４」，近期急遽竄紅的實力派歌舞團體的演唱會。

事務所的經紀人表示「這可以讓妳學到不少」，讓日和陪同勇次郎和愛藏一起前來觀看。

勇次郎和愛藏都是一身樸素的打扮，又戴上帽子和眼鏡變裝，目前並沒有被人發現。

兩人以極為認真的表情凝視著出現在電視牆上的四個人。

身旁的日和則是跟其他觀眾一起不停跳動。

這是日和第一次來看FT4的演唱會，也是第一次聽到他們的歌聲。

（好帥喔！）

會場的氣氛幾近沸騰，日和感覺自己的情緒完全被帶著走。

（超級……超級帥氣呢！）

她幾乎忘了自己是為工作而來，跟其他觀眾一起揮手，發出「呀啊～！」的尖叫聲。

演唱會結束後，日和仍沉浸在餘韻之中，有好一陣子都覺得整個人輕飄飄的。

「經紀人呢？」

「她說已經停好車，在等我們了。」

來到走道上的愛藏和勇次郎這麼交談。

日和踏著有些遲緩的腳步跟在他們身後。

「妳在幹嘛啦？要走嘍。」

愛藏轉過頭來這麼一說，日和才頓時回過神來。

「等……等一下～」

她慌慌張張地追了上去，但兩人的腳步都很快，她遲遲無法跟上。

在拍照區前方拖拖拉拉的時候，從會場裡頭走出來的人群一口氣湧過來。

日和被只顧著拍照的人群撞飛，「咚」一聲跌在走道的角落。

她趴倒在地上，輕輕發出「嗚嗚～～！」的哀號聲。

（粉絲們的活力有夠驚人……！）

正準備起身時，看到有人對自己伸出手，日和吃驚地抬起頭來。

在她的眼前單膝跪地的，是個外貌相當清秀的男孩子。

「妳還好吧？」

看著對方朝自己溫柔微笑的臉龐，日和無法移開自己的視線。

彷彿只有這個人的周遭不斷閃閃發亮著。

而且，他還散發出一種很好聞的味道。

因為看對方看得入迷，日和甚至忘記回答他的問題。這個男孩子直接握住她的手，將

跌在地上的她拉起來，自己也跟著起身。

「有沒有受傷？」

聽到他這麼問，日和才回過神來，連忙用力搖搖頭。

或許是因為吃了一驚吧，她感覺自己的心跳有些加快。

（是宛如王子殿下的人耶～！）

他給人感覺風度翩翩，態度也相當溫和。跟日和認識的其他男孩子截然不同。

「非……非常感謝你！」

日和朝對方鞠躬致謝。

「妳一個人？還是有其他同伴？」

「人家是跟別人一起來的，不過……」

愛藏跟勇次郎想必已經走遠了吧。日和努力環顧周遭也沒看到他們的身影。

「我也是……好像跟同伴走散哩。這裡人這麼多，要找人實在不容易。」

拉她一把的男孩子苦笑著掏出手機。

「星空那傢伙……到底跑哪裡去了啊。」

他以困擾的語氣這麼低喃，然後試著聯絡自己的同伴。

這時，會場出入口傳來一個「啊～找到你哩！」的吶喊聲。

帶著十分討人喜愛的笑容朝這裡跑過來的，是個有著一雙圓滾滾大眼的男孩子。

「星空！」

「你怎麼跟我走散哩啦——！我找你好久耶～」

「走散的人是你才對。有沒有漏掉什麼？錢包跟手機沒搞丟吧？」

名為星空的同伴，心情大好地搖搖頭回應：「沒有、沒有！」

「真的？就算之後才發現，我也不管你喔。」

「因為我一開始就忘記帶錢包跟手機過來啦～！」

看到星空露出若無其事的笑容這麼回答，他不禁「唉……真累人」地嘆了口氣。

「前前人在哪裡？」

「跑去找你哩啦。真是……」

（他們兩個都是從關西來的嗎？）

日和看著兩人交談時，拉她一把的男孩子轉過頭來。

「妳呢？找得到自己的同伴嗎？」

「是的，沒問題！」

「那……妳自己多小心嘍。」

笑著這麼回應後，他便拉著自己的同伴離開了。

「噯～噯～剛才那個女孩子是誰～？你跟人家搭訕啊？」

「哪有可能啊。拜託你不要大聲嚷嚷這種事。」

「啊！我看到前前哩。前前～～！」

「不是都叫你不要大喊哩嗎，很丟臉耶！」

離去的兩人的對話，混在其他聲音之中傳入日和耳裡。

就在她愣愣站在原地的時候，一道「找到了！」的嗓音傳來。

「妳在搞什麼啦！」

愛藏憤怒地這麼開口，伸出手拉扯日和的衣袖。

「妳怎麼會走散啊？」

遲了片刻趕過來的勇次郎，臉上也帶著「真受不了妳……」的表情。

「或許找到了呢。」

日和將包包抵上心兒怦怦跳的胸口，有些陶醉地這麼輕喃。

「……啥？」

「找到什麼？」

愛藏和勇次郎一臉困惑。

『人家的王子殿下——』

隔天放學後，日和來到車站附近的書店閒逛。

好幾次經過這間書店外頭的她，今天是頭一次踏入店內。

書架上陳列著翻譯版的外國小說、ＳＦ小說、懸疑小說等許許多多書名相當有趣的著作。

（大都會的書店也好大呢……而且也有好多書。）

「《天竺鼠的反擊》……？」

日和抽出一本書名令她有些在意的書籍。

雖然無法想像裡頭的內容，但一旁的刊物介紹卡上寫著「店員強力推薦！」幾個字。

在日和閱讀故事大綱時，一道「請問您在找什麼嗎？」的招呼聲傳來。

她轉過頭，然後吃驚得不小心讓書本掉到地上。

出現在眼前的，是前幾天在ＦＴ４的演唱會上，將跌倒的她拉起來的那個男孩子。

（是人家的王子殿下～～！）

差點這麼吶喊出聲的她，趕緊以雙手掩住嘴巴。

慌慌張張地想撿起掉在地上的書時，對方比她早一步伸出了手。

「我們又見面哩。」

撿起書的他，朝日和露出微笑這麼開口。

今天的他，依舊像前幾天那樣帥氣到讓人看得出神。

看到日和呆滯的反應，他歪過頭「咦？」地盯著她的臉。

「難道……妳不記得哩？」

「人……人家記得！」

終於回過神來的日和連忙開口回應。

「太好哩。我想說看起來應該沒錯，就主動向妳搭話……原本還在想要是認錯人，該怎麼辦才好呢。」

用手輕撫後腦杓的他，露出像是鬆了一口氣的表情。

（他還記得人家啊。明明只有說過幾句話而已呢……！）

而且，他竟然還像這樣主動跟自己搭話。

這讓日和開心不已，同時也對自己愈來愈劇烈的心跳聲感到手足無措。

「那……那個，你怎麼會在這裡？」

「我在這裡打工喔。」

或許正在忙著補貨吧，他雙手捧著幾本書。身上也穿著書店員工專用的圍裙。

「……不過，真是嚇我一跳呢。好巧啊。」

「是的！」

雖然很想再見對方一面，但日和壓根沒想到會在這種情況下重逢。

他說了聲「給妳」，然後將剛才撿起來的那本書遞給日和。

「這本書非常有趣喔。不嫌棄的話，請讀讀看吧。我強力推薦！」

看到他微笑著這麼說，日和有種怦然心動的感覺。

除了閱讀少女漫畫的時候，她從不曾有過這樣的感受。

她陶醉地凝視著他離去的背影，將《天竺鼠的反擊》這本書揣在懷裡。

「這本書……人家就買下來吧！」

星期天，再次造訪同一間書店的日和，躲在書架後方東張西望。

她在找的是前幾天意外重逢的那個人。

看到他捧著雜誌從後方倉庫走出來的身影，日和慌慌張張地將腦袋縮回來。

（怎麼辦……人家又跑來這間書店了……）

靜不下心的她，在原地踏步片刻後，再次探頭朝走道的方向望去。

將雜誌放上書架的他，幾乎是在同一時間轉過頭來。

和日和對上視線後，他露出笑容朝這裡走來。

（哇！哇！他走過來了！）

正當日和緊張得手足無措，對方以「妳好」開口向她打招呼。

「你……你好！」

日和手忙腳亂地拿起一本堆放在旁邊的書，遮住自己的半張臉。

明明只是聽到對方向自己打招呼，卻已經讓她心跳加速。

「妳今天也來啦。」

「是……是的！因為你之前推薦的那本《天竺鼠的反擊》很有趣呢！」

（他會不會覺得「她怎麼又來了」這樣啊……？）

忍不住擔心起來的日和，稍微將遮住臉的書本往下移，好窺探對方臉上的表情。

「妳有看那本書啊。」

他看似很開心的表情，讓日和不自覺再次看得入迷。

溫柔又風度翩翩，簡直就像是會在少女漫畫裡頭登場的理想王子殿下。

（如果人家是女主角的話……）

『打從第一次見到你的時候……人家就喜……！』

正當日和下定決心告白時，對方伸出食指抵上她的嘴唇。

『接下來的部分，讓我說出口吧。』

看著他臉上溫柔、甜美又簡直會令人融化的笑容，日和的心臟劇烈跳動。

（這……這種事不可能發生啦…………畢竟人家也不是女主角，只是個路人少女啊！）

在日和因自己的妄想而滿臉通紅的時候，一個「妳喜歡嗎？」的提問傳入耳中。

她震驚地望向身旁的他。

「咦！你……你問人家嗎？」

她內心的動搖化為言語洩漏出來。

「因為我看妳拿著莎士比亞的書。」

他指著日和手中的書這麼回答。

（原來是在講這本書啊……嚇人家一跳。）

加速過頭的心跳，感覺短時間內恐怕無法平靜下來。

「人家沒什麼看過他的書……！」

「他的書都很有趣喔。也有很多著作相當有名。」

「這本也是嗎？」

日和望向自己手中名為《哈姆雷特》的那本書。

「啊……嗯，那本也很有名哩。經常被當成舞台劇的題材……」

接著，他又輕喃了一句：「不過，那描寫的是復仇的故事……」

「我覺得這本會比較有趣喔。是愛情故事。」

他從書架上抽出另一本書拿給日和看。

「啊，《羅密歐與茱麗葉》！」

「妳有看過嗎？」

聽到他這麼問，日和搖搖頭。但她至少有聽過這部作品的名字。

「我很喜歡這個故事。不嫌棄的話，妳也看看吧。」

「好的！」

被其他店員找過去的他，帶著笑容以「那再見嘍」向日和道別。

「永世流傳的、命中註定的一段戀情——」

看著書腰上的這段文字，日和以書本遮住忍不住上揚的嘴角。

這果然是戀愛的感覺。

終於和自己相遇的王子殿下——

「得先知道他的名字才行呢！」

日和捧著書輕喊了一聲：「好！」

返回公寓後，她隨即開始閱讀剛買回來的這本書。

《羅密歐與茱麗葉》。

家系敵對的兩人墜入情網的故事。

愈是往下讀，日和愈有種胸口被緊緊揪住的感覺。

讀完這本書後，她一邊發出「唔～」的呻吟聲，一邊在地毯上滾來滾去。

心中那股躁動的情緒，讓她瘋狂擺動雙腿，然後又猛地起身。

在演唱會上相遇，接著又在書店裡偶然重逢。

倘若是少女漫畫的情節，儘管中途會遇到重重困難，但兩人最後必定能兩情相悅。

「從今以後，一直幸福快樂地——」

這樣的發展實在太老套了。

不過，老套又有什麼關係呢？應該說就是老套才好。

馬上幸福快樂地在一起就好了。

日和將書本高高舉起，漫無目的地翻著書頁。

「我很喜歡這個故事……」

聽到那個人的推薦，日和隨即將這本書買了回來。

「人家終於遇見了呢。」

這想必是上天賜給路人少女的、一輩子只有一次的機會。

果然——

不需要悲劇。

比起淚水，最後更應該露出笑容。

讓這段戀情變成Happy End。

「好，加油吧～！」

日和帶著傻笑呈大字狀睡去。

heroine2
～女主角2～

染谷 勇次郎
妳就自己證明
自己的價值吧？
柴崎 愛藏
也不用
說成這樣吧！
土包子！
只是一心祈禱，
能和他再次相遇。

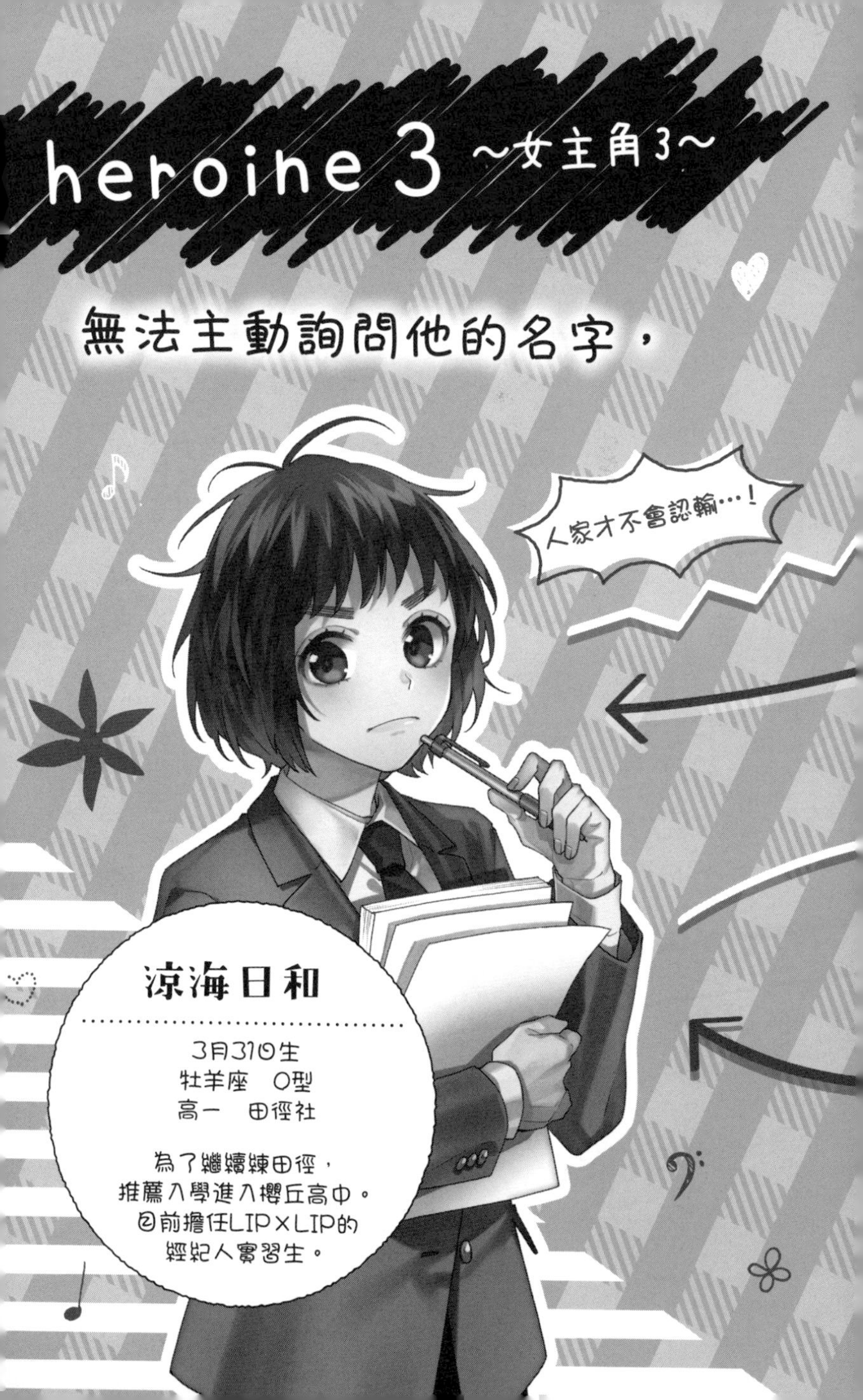

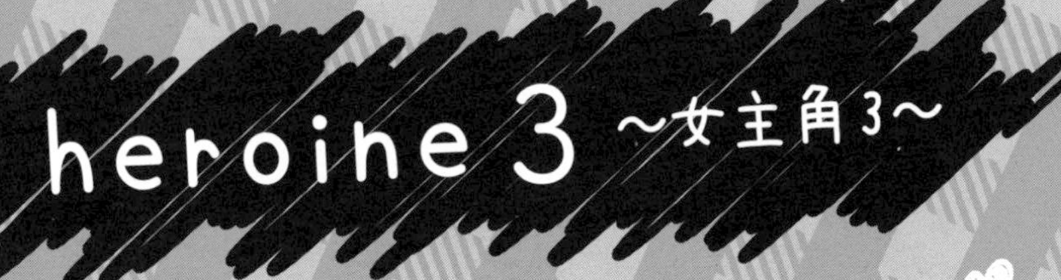

無法主動詢問他的名字，

涼海日和

3月31日生
牡羊座　O型
高一　田徑社

為了繼續練田徑，
推薦入學進入櫻丘高中。
目前擔任LIP×LIP的
經紀人實習生。

＊heroine 3～女主角3～

星期六的午後，日和套上連帽上衣後，隨即跨上腳踏車前往書店。

（真想打扮得更可愛一點呢……）

雖然從衣櫃裡翻出所有的衣物，但她現有的就只有連帽上衣、長袖運動杉，以及皺巴巴的毛衣而已。

諸如連身洋裝、裙子、女用襯衫或針織衫這類衣物，她一件都沒有。

（之後，等打工的薪水發下來，絕對要去買幾件可愛的衣服！）

這麼下定決心後，日和奮力踩下踏板。

踏進書店後，日和不停環顧店內。

（那個人……今天不知道在不在？）

heroine3

～女主角3～

目前只看到女性店員站在收銀台後方。

朝書店深處移動後，日和看到那個人正在盤點庫存的背影。

和之前一樣，他今天也是一身白色襯衫加上長褲再圍上書店店員圍裙的打扮。

日和慌慌張張地躲到書架後方，將手撫上心跳加速的胸口。

（今天一定要問到他的名字！）

上次，難得有機會和對方交談，日和卻忘了問他的名字。

要先踏出第一步──

下定決心後，日和「嘿！」一聲邁出步伐。

「那個，不好意思！」

結果，這麼開口的人不是日和，而是穿著某間學校制服的女孩子。

發現被對方搶先一步後，日和連忙再次躲回書架後方。

「是？」

看到他轉過身，那個女孩子滿臉通紅地和他交談起來。

走去。

女孩或許是想問某本書放在哪裡吧，兩人在短短對話過後，便一起朝其他書架的方向

「……沒把握到開口的時機哩～」

嘆著氣這麼自言自語時，日和不經意地望向一旁，赫然發現除了她以外，還有其他躲在書架後方伺機而動的女孩子。而且，環顧周遭的話，還能發現這樣的女孩子不是只有一兩個而已。

在那個男孩子走回來之後，大家一窩蜂朝他衝了過去。

「不好意思，我不知道漫畫放在哪裡！」

「我有想預訂的書籍！」

將男孩團團包圍住的女孩子們，爭先恐後地這麼開口。

（難道……大家想的都跟人家一樣？）

仔細想想，如此帥氣的一個男孩子，不可能沒有其他女孩子感興趣。

這樣一來，別說是跟他攀談了，就連想要靠近他恐怕都沒辦法。

（人家果然就只是個路人而已……）

原本沮喪地想要垂下頭的日和，又猛地抬起頭來。

「人……人家才不會因為這點事情，就灰心喪志哩！」

她將雙手握成拳頭這麼低喃。

隔週的午休時間。

日和在教室一角，和幾名要好的友人一起吃著午餐。

「啊！這條手鍊好可愛！」

大家熱烈討論的，是雜誌上介紹的某條手鍊。

「我的學姊有一條呢～說是能保佑戀情開花結果。」

「啊，我也有一條～」

（保佑戀情開花結果？）

聽到這句話，正打算大口咬下飯糰的日和探出上半身。

「可以讓人家看一下那條手鍊嗎？」

「就是這個～」

其中一名友人將自己手上的手鍊亮出來給日和看。

外觀造型看起來很簡素，但上頭小巧的花朵墜飾非常可愛。只要被衣袖遮住，就不至於太引人注目，所以上學的日子也可以配戴。

「買這條手鍊來戴的學姊跟我說，她之後去跟喜歡的人告白，結果兩人順利在一起了呢～」

聽著大家的討論，日和的雙眼開始閃閃發光。

「這個哪裡有在賣？」

「小和，妳有喜歡的人啊？」

被這麼一問，日和有些慌張地「咦！」了一聲。因為不知道該怎麼回答，她只好移開視線。

周遭的友人們紛紛露出壞心眼的笑容望向她。

「是誰、是誰？是這個學校的人嗎？我們班上的人？」

「是社團的學姊吧？」

「不……不是妳們想的那樣啦～～！」

日和手足無措地拚命搖晃雙手。

「快點從實招來！」

「拜託……饒了人家吧～～！」

以微弱的嗓音這麼哀號後，日和用手臂擋住自己變得紅通通的臉蛋。

「小和，妳好可愛喔！」

「今天放學後一起去買吧？」

聽到友人的提議，日和猛地抬起頭回應：「嗯，人家要去！」

「那麼，要一起去買的人，在放學後集合吧！」

「我還想去吃可麗餅～」

大家興高采烈地這麼討論時，日和不經意地將視線移往一旁。

（反正今天也不用打工……）

這時，她發現被女孩子團團包圍的那兩人，不知為何盯著這裡看，不禁感到心頭一

驚。

在視線交會的瞬間，日和連忙轉而望向窗外。

（我……我們剛才的對話……沒被他們聽到吧？畢竟座位也有一段距離……）

要是被那兩人知道，不曉得他們會怎麼調侃自己。

這件事絕對得保密才行——

（今天一定要成功！）

開始造訪這間書店，已經過了一星期的時間。但在那之後，日和遲遲找不到向那個人搭話的機會。

她頂多只能躲在一旁偷看他工作，或是買下由他製作刊物介紹卡的書籍。

他親手寫的刊物介紹卡，都會畫上一隻小小的食蟻獸插圖，所以很好認。

其他女孩子好像也會憑著這個插圖，購買他所推薦的書籍。

（競爭對手好多啊……）

日和躲在書架後方，望向自己手腕上的「保佑戀情開花結果的手鍊」。

「不要緊。人家今天戴著這個，絕對會順利的！」

這麼輕聲催眠自己後，日和「嘿！」一聲邁出步伐。

「那個，不好意思！」

鼓起勇氣這麼開口後，對方以「是？」回應她。

（咦？嗓音聽起來不一樣……）

日和困惑地抬起視線，發現出現在眼前的，是胸前別著「店長」名牌的男性。

直到方才，都還在這裡將庫存上架的他，現在已經不見蹤影。

「不好意思，人家搞錯哩——！」

日和用力朝對方一鞠躬，然後逃離現場。

躲回書架後方後，她將手按上胸口吐出一口氣，然後輕喃：「唉……嚇了人家一跳呢。」

（果然沒辦法順利跟他說到話嗎……）

至今，她總是一再錯過。現實果然不會像少女漫畫那樣順利。

正當日和打算放棄離開時——

「……妳怎麼哩？」

突然從身後傳來的嗓音，讓日和嚇得雙肩一顫。

她反射性地轉過頭，發現站在自己身後的，正是那個書店的王子殿下。

她吃驚地瞪大雙眼望向他。

「妳看起來好像沒什麼精神……？」

看到王子殿下一臉擔心地靠近自己，日和手足無措地往後退。

也因為這樣，她差點把堆放在桌上的書籍撞倒。

慌慌張張把書堆整理好後，日和再次轉身面對他。

「人……人家非常好喔！」

「那就好哩。」

輕笑一聲這麼說的他，笑容看起來依舊無比迷人。

「妳很喜歡看書吧？我看妳經常來我們店裡。」

被這麼一說，日和吃驚地望向他的臉。

（他……有發現人家經常來這裡嗎！）

害羞和欣喜的情緒一口氣湧現，讓日和整張臉變得紅通通的。

「妳今天想找什麼樣的書？我來幫忙吧。」

他一邊這麼問，一邊望向旁邊的書架。

上頭陳列著食譜、園藝和手工藝等類別的書籍。

「呃……園……園藝之類的書！」

望向書架的日和不禁這麼開口。

他輕喃一聲「園藝啊……」然後凝視著眼前的書架。

思考半晌後，他抽出一本書遞給日和。

「園藝的話……這本怎麼樣呢？裡頭介紹了很多不同品種的玫瑰花，刊載的照片非常漂亮喔。」

他遞過來的這本書的封面，刊載著玫瑰園的照片。

「妳……喜歡玫瑰花嗎？」

他一雙澄澈的眸子直直望向日和，以無比溫柔的語氣問道。

「是的，很喜歡！」

看著他出神的日和，沒有多想就這麼回答。他露出了看似很開心的笑容。

「我也很喜歡喔。」

他的微笑讓日和看得如痴如醉。

她有種自己的心臟被愛神之箭「咻！」地射中的感覺。

日和將剛買來的書揣在懷裡，踏著輕飄飄的腳步離開書店。

（「我也很喜歡喔」……這樣啊……）

YOUR GARDEN

對方指的是玫瑰，不是日和。

雖然明白這一點，但每當回想起這句話，日和臉上就不自覺浮現傻笑。

「這條手鍊……果然很有效呢！」

她望向手腕上的手鍊這麼自言自語。

日和來到腳踏車停車場，把書放進車籃裡，然後跨上坐墊。

原本興高采烈地準備回家的她，赫然想起自己似乎遺忘了什麼重要的事情，正要踩下踏板的雙腳也停止動作。

「咦……？」

歪過頭思考片刻後，日和「啊！」地吶喊出聲。

「對了，名字！」

（人家又忘記問他的名字啦〜〜！）

heroine3

～女主角3～

老套又有什麼關係呢？
應該說就是老套才好。
heroine 4 ~女主角4~

換作是少女漫畫，一定就會兩情相悅。
涼海

＊heroine 4～女主角4～

隔天放學後，日和在學校出入口處換下室內鞋時，手機突然響了起來。
從書包裡掏出手機後，她發現螢幕上顯示著經紀人內田的名稱。
日和慌張地環顧四周。
（是……是什麼事呢？）
移動到無人的階梯下方的空間後，她急忙將手機靠上耳畔。
「妳好……我是涼海！」
『啊，新人～太好了，妳有接電話……妳知道那兩個人去哪裡了嗎？』
「染……不對，妳說那兩個人嗎？」
『他們倆都不接電話呢，能幫我找找他們嗎？我想他們應該都還在學校。』
「好……好的！」
結束通話後，日和喃喃自語「他們會在哪裡呢……」，拔腿衝了出去。

換作是平常，在放學後，那兩人通常會速速收拾書包離開學校。
因為經紀人內田的車子已經在學校外頭等著了。
來到學校大門附近後，因為沒看到兩人的身影，日和又折返回學校裡。
（也沒看到柴崎同學……）
她穿越中庭，快步走向後庭。

「啥？開什麼玩笑啊？」
這樣的怒吼從體育館後方傳來。
看到有幾個男孩子聚集在那裡，日和連忙跑到室外階梯下方的陰影處躲起來。
（有人在吵架？）
她戰戰兢兢地朝聲音傳來的方向望去，發現勇次郎被一群人團團包圍住。
而且，那些人還是在體育祭上刻意提高音量挖苦兩人的高三學長。

（對了……找柴崎同學！）

日和掏出手機，從電話簿裡頭找出名稱為「緊急聯絡人」的號碼。

「要是妳隨便亂打，我會馬上封鎖喔！」

頂著一張臭臉的愛藏告訴她的這個號碼，是「工作用」的手機。

只有在發生緊急狀況，或是有重要的工作聯絡時，才可以撥打。

（現……現在就是緊急狀況！）

日和一邊撥打手機，同時在原地輕輕踏步並輕喃：「拜託快點接～」

「明明才高一而已，你可別太囂張了！」

一名學長惱羞成怒地伸手揪住勇次郎的衣領。

「啊……！」

勇次郎會被揍——這麼想的瞬間，日和拋下手機衝了過去。

「哇啊啊啊————！不好意思————！」

這麼吶喊著衝過去之後，學長們「啥？」地轉過來瞅著她。

雖然很可怕，但現在不是退縮的時候。

「你在這裡啊，染谷同學！老……老……老……老師在找你哩！」

看到日和以有點尖的嗓音一邊這麼說，一邊朝自己跑來，勇次郎一瞬間「咦？」地露出困惑的表情。

（總之，得馬上把他帶離開這裡！）

「少礙事！閃一邊去啦！」

一名學長揪住日和的手腕，將她一把推開。

這個瞬間，她手上的那條手鍊被弄斷，花朵造型的墜飾彈飛出去。

日和則是因為重心不穩而「哇！」一聲跌坐在地。

目睹這一幕的勇次郎，啪地拍掉高三學長原本揪著自己衣領的手。

學長輕喃一句「搞什麼啊……」，露出簡直會令人害怕到動彈不得的憤怒表情。

「沒有啊……」

以比平常更低沉的嗓音這麼回應後，勇次郎高高抬起一隻腳。

（染谷同學發飆了～～！）

『超人氣高中生偶像在學校捲入暴力鬥毆事件。惡劣的本性也跟著曝光！』

這樣的報導標題，搭配著勇次郎的大頭照在日和腦中浮現，讓她嚇得臉色發白。

「只有這個絕對不行～～！」

日和從地上爬起來，撲向準備把學長踹飛的勇次郎，緊緊揪住他的手臂。

因為這股力道，整個人差點重心不穩往後倒的勇次郎，就這樣被她拉著手迅速逃離現場。

「啊，竟然給我逃掉！」

「跑……跑得好快！」

看著他們逃跑的學長這麼開口。

躲到更衣室所在的建築物旁邊後，日和才停下腳步，「呼～」地重重吐出一口氣。

那些學長似乎沒有追過來。

日和撫著胸口鬆了一口氣，放開勇次郎的手。

「那個，染谷……同學，你還好嗎？」

勇次郎沉默不語的態度讓她有些擔心，忍不住悄悄窺探他的表情。

但勇次郎只是眉頭深鎖，眼神完全不願意和她對上。

「……不需要妳這樣……」

「咦？」

「多管閒事。」

拋下這句話之後，勇次郎維持著別開的臉，打算離開。

「等等，染谷同學！」

正當日和想伸出手拉住勇次郎時，愛藏「原來妳在這裡！」的嗓音傳來。

「啊！柴崎同學！」

「妳突然打電話過來，我還以為發生什麼事了……打過來又不出聲是怎樣啦！」

愛藏握著手機，以憤怒的語氣這麼質問。

「哇啊，對不起！因為發生了很多事……」

日和手足無措地朝勇次郎的背影偷瞄。

「發生很多事是什麼事啦？喂，勇次郎，你要去哪…………」

愛藏開口呼喚和他擦身而過的勇次郎。

但勇次郎無視他，只是逕自朝校舍的方向走去。

「……發生什麼事了嗎？」

愛藏皺起眉頭這麼詢問日和。

（染谷同學……）

多管閒事——聽到勇次郎這麼說，她的胸口湧現微微刺痛的感覺。

（人家是不是……又惹他生氣了呢？）

「喂，妳有沒有在聽我說話啊！」

聽著愛藏煩躁的嗓音，日和輕輕嘆了一口氣。

「人家完全搞不懂染谷同學在想什麼呢……」

「啥？」

「柴崎同學，你知道他在想什麼嗎？」

「這種事情我也不知道好嗎？」

以冷淡的態度回應後，愛藏稍微壓低音量接著說：

「……人們會表現出來給其他人看的，只是一小部分的自己而已。每個人都是這樣的吧。」

別開視線這麼說的愛藏，臉上帶著有些複雜的表情，讓日和不禁盯著他看。

「怎樣啦……」

「因為……像你就很好懂啊，柴崎同學。」

「啥？我才沒妳這麼嚴重啦。」

愛藏板著臉回嘴。

隨後，他以較為溫和的表情表示：「不過……那傢伙啊……」

「應該什麼都沒在想吧？」

說著，愛藏「呵」地笑了一聲。

「……是這樣嗎？」

打從國中就認識勇次郎的愛藏，似乎也不明白他的想法。

所以，認識勇次郎還不到一年的日和，不懂或許也理所當然。

「比起這個，妳剛才打電話過來幹嘛？應該是有什麼事吧？」

被這麼一問，日和不禁「啊！」地驚叫出聲。

「人家的手機！」

日和慌慌張張地翻找自己的口袋，卻都遍尋不著。

「剛才弄掉了嗎～～」

這樣的話，手機恐怕是掉在體育館後方。剛才那些可怕的學長，或許也還留在那裡。

「柴崎同學，你跟人家一起去撿吧～～！」

日和揪住愛藏的衣袖，怯怯地這麼拜託他。

「啥？誰管妳啊。快去把手機撿回來！」

愛藏揮開日和的手，以有些憤怒的語氣這麼說之後，便轉身離開。

「啊！對了，經紀人在找你們呢！」

「咦？啊！真的耶……妳怎麼不早講啦！」

望向手機的愛藏，大概已經發現未接來電的通知了吧。

他將手機靠上耳畔，往校舍的方向走去。

「記得也跟染谷同學說一聲喔！」

聽到日和這麼說，愛藏輕輕揚起一隻手取代出聲回應。

走回體育館後方後，剛才那些學長已經不在了。

或許是因為運動社團的社員過來了吧。

日和鬆了一口氣，撿起自己掉在室外階梯附近的手機。

心愛的外殼雖然有些刮傷，但手機螢幕沒有因為摔到而裂開。

「太好了～～」

日和這才放下心來，將手機表面上的汙痕擦拭乾淨。

接著，她望向自己的手腕。

「對了，手鍊……」

她回到勇次郎剛才跟那些學長拉拉扯扯的現場，發現只有繩子的部分掉在地上。

她撿起繩子，又看了看四周，但沒發現那個花朵造型的墜飾。

「沒辦法了呢……」

撥開草叢找了好一陣子後，她蹲在地上，沮喪地垂下頭。

最後，日和站起身，將繩子的部分收進口袋裡便折返回校舍。

這天晚上，日和躺在床上，試著玩了一下班上朋友跟她說的算命ＡＰＰ。

『運勢絕佳！適合採取大膽的行動。用幸運物沙鈴來提昇戀愛運吧！』

看到螢幕上所顯示的占卜結果，日和「喔喔！」地喊出聲，雙眼也變得閃閃發亮。

「大膽的行動啊……」

告白的話——現在的日和還做不到，不過，她希望至少能問出對方的名字。

（沙鈴這種東西，哪裡有在賣呢……）

事到如今，無論是什麼樣的方法，或許都有一試的價值吧。

盯著手機螢幕片刻後，日和喊了一聲「對了！」然後從床上彈起來。

「得找找要穿出門的衣服才行！」

她爬下床，然後打開衣櫃。

扯出自己最中意的那件連帽上衣攤開後，日和的嘴角也跟著上揚。

雖然把能夠實現戀情的手鍊弄壞了，不過——

（明天感覺一定會有好事發生！）

隔天午後，造訪書店的日和，發現店裡的女孩子比平常要來得更多。

幹勁十足的這些女孩，全都以相當可愛的穿著打扮出現在店內，彷彿等一下就要去約會。

佯裝在找書的她們，其實個個都在伺機而動。

身為這間書店的王子殿下的他，正在幫一個小女孩尋找她想找的繪本。

找到想要的繪本後，小女孩向他說了一聲「謝謝！」，將繪本寶貝不已地揣在懷裡。

看著小女孩被母親領著走向收銀台，他帶著笑容朝她揮揮手。

小女孩也轉過頭來，開心地向他揮手道別。

（他好溫柔喔……）

陶醉地輕聲嘆息時，日和發現附近的女孩子也做出相同反應。

「不……不對……人家也得加把勁才行！」

日和從後背包裡取出沙鈴，緊緊握在手中。

這是她在造訪書店前，到附近的樂器行買來的道具。

「請……請問你的名字是……！」

在她壓低音量這麼練習時，書店的王子殿下從繪本書架前方朝這裡走來。

感到心跳加快的她，為了讓自己冷靜而深吸一口氣。

「好！今天絕對要問出他的名字……！」

下定決心準備踏出腳步時，日和的雙肩突然被人一把揪住。

「……呃？」

她轉過頭一看，結果差點發出慘叫，連忙以雙手掩住自己的嘴巴。

（為……為什麼～～！）

以帽子和眼鏡變裝的愛藏和勇次郎，帶著不懷好意的笑容站在她的眼前。

「妳在幹嘛啊～？」

被愛藏這麼問，日和緩緩將視線移向一旁。

「人……人家……沒在幹嘛啊。」

她的嗓音尖銳得很不自然。

「是說，妳為什麼在書店裡握著沙鈴？」

勇次郎雙手抱胸，不解地望向日和握在手中的沙鈴。

「請你們不要管人家啦！」

打算一溜煙逃走時，兩人卻一把揪住日和連帽上衣的帽子，將她拉回原地。

然後異口同聲地表示「不行」。

（嗚哇啊啊——————！被……被他們發現了啦～～！）

♪ ＊ ✿ ♫

明明死都不想讓這兩人知道這件事啊——

脫下鞋子的日和，現在跪坐在沙發上。她的手裡仍握著沙鈴。

熱鬧的樂曲從大門外頭傳來。

隔壁房間微微流瀉出五音不全的歌聲。

從剛才開始，這裡的大型電視上便重複播放著同一支廣告。

『LIP×LIP……Non Fantasy。』

出現在螢幕上的，是身穿閃亮舞台裝的愛藏和勇次郎。

『和我們一起在夢中相戀吧——』

兩人甜美的輕喃，透過揚聲器傳了出來。

不斷冒出冷汗的日和，緩緩將視線移向蹺腳坐在對面沙發上的兩人。

這裡是距離書店最近的某間卡拉OK包廂。

一張寫著「今天攜帶沙鈴來店的客人可享半價優惠！」的公告，貼在牆上相當顯眼的位置。

被兩人強行帶來這裡之後，大概已經過了十分鐘左右吧。

「那個～～」

無法忍受沉默的日和終於還是開口了。要不然，再這樣下去，她總覺得自己會尷尬到窒息。

「對了！來點些飲料吧？人家口渴了……」

在最後悄聲加上一句「而且又很害怕……」後，日和將手伸向擱在桌上的菜單。

「所以？」

勇次郎的嗓音，讓她的手瞬間停下動作。

「我們從剛才就問了好幾次了吧？妳到底在那裡幹嘛？」

愛藏的嗓音，讓她馬上別開視線。

這兩人現在都死盯著日和不放。

「要……要吃披薩嗎？人家請客吧。這種時候，就要豪邁出手！」

日和指著牆上那張披薩看起來很美味的海報這麼說。

兩人沒有任何反應。

「還是說……要來……唱歌嗎？難得……都打算……一路唱到晚上了……」

日和的嗓音愈來愈微弱。

踏進卡拉ＯＫ時，這兩人以一副理所當然的態度向櫃檯表示「我們要用特定時段唱到飽的方案，唱到晚上」。

在接下來的幾小時之內，她想必都無法離開這個逼供房間。

「妳最近好像怪怪的喔？」

「是有什麼事瞞著我們吧？」

「人家一點都不奇怪，也沒有隱瞞什麼！人家很普通啊！」

「很普通的人，應該不會握著沙鈴在書店裡亂晃吧？」

隨即被愛藏這麼吐嘈後，日和「嗚……」地說不出半句話。

（要是告訴這兩人，他們……他們……絕對會取笑人家啊！）

「反正明天不用工作，我們到早上都有空喔～」

「就是啊。晚點去事務所的休息室睡覺就行了。」

聽到這裡，原本低垂視線的日和猛然抬起頭來。

兩人臉上都掛著壞心眼的笑容。看來是無論如何都打算讓她從實招來了。

「你們好差勁～～～～！」

這麼吶喊之後，日和趴倒在包廂的桌面上。

終於放棄掙扎而道出真相後，日和縮成一團望向眼前的兩人。

「啥？妳有喜歡的人了？」

聽到愛藏提高音量反問，日和「哇啊啊啊！」地吶喊出聲，企圖以此蓋過他的聲音。

「你別說得這麼直接啦～～！」

漲紅著臉慌慌張張地抗議後，愛藏「唉～」地重重嘆了一口氣。

「結果是這種事情喔……！」

「什麼『這種事情』啊，這對人家來說，是很重要的一件事哩！」

（而……而且，這還是人家的初戀啊…………）

「所以，妳打算握著沙鈴去跟對方告白嗎？」

勇次郎將手伸向服務生端來的炸薯條小山這麼問。

現在，桌上還放著三杯飲料和披薩等食物。

「我總覺得……自己寶貴的空閒時光，就這樣被糟蹋掉了耶。」

愛藏仰過頭靠在沙發椅背上。

「你們不要管人家，去別的地方不就好了嗎……」

日和不滿地鼓起腮幫子這麼叨唸。她可沒有拜託這兩人傾聽自己的事。

「啊～……唉，我知道了啦，妳快去吧。要告白還是什麼的都隨便妳。就這樣吧，加油喔。就算被拒絕，我也不會安慰妳就是了。」

說著，愛藏對日和揮了幾下手，一臉嫌她很麻煩的樣子。

看到他這樣的態度，日和忿忿不平地以「人家又不見得會被拒絕！」回嘴。

「再說，與其找柴崎同學安慰自己，去跟路邊的雜草哭訴，人家還覺得更──有效果哩！」

「啥？妳真以為自己能順利跟對方有進展喔？」

「這種事也說不準，可是……不試試看，又怎麼知道哩！」

「對方是個動不動就被女孩子團團包圍的人吧？妳這樣不行啦。百分之百會被拒絕！」

「那個人又不像你，個性這麼惡劣！」

日和別過臉去這麼抗議。

「誰在跟妳討論個性的問題啦。我是說妳這副模樣不可能成功！」

「什……什麼叫這副模樣不可能成功啊！」

「頂著亂七八糟的頭髮、穿著鬆垮垮又皺巴巴的連帽上衣，打算這樣去跟心儀對象告白的土包子，不管是怎樣的男生都會拒絕啦！」

「好過分！這件可是人家最中意的衣服呢！」

（雖然頭髮是真的亂七八糟的啦……！）

「啥？這件是最中意的……那妳平常都穿些什麼啊！待在家裡的時候，妳該不會都穿著學校的運動服吧？」

用力將眉毛挑得高高的愛藏，表情看起來很可怕。

「沒……沒有啦……偶爾而已……」

「為什麼還要偶爾穿啦！」

「因……因……因為，有時候洗好的衣服還沒曬乾，人家沒有其他衣服可穿了嘛……」

日和吞吞吐吐地答道。

「唉，真的是……這樣徹底出局啦。」

看到愛藏一臉認真地這麼說，日和受到了不小的打擊。

（在家裡穿學校運動服，真的這麼糟糕嗎？）

「妳為什麼喜歡那傢伙？」

勇次郎以手托腮這麼問，看起來一臉閒到發慌的樣子。

「咦？你……你問為什麼……因為那個人很溫柔，又很帥氣……」

「為什麼會因為這樣就喜歡上對方啊？」

「因為……人家差不多是對他一見鍾情！」

「哦～……一見鍾情啊……」

勇次郎的嘴角揚起挖苦的笑意。

「說不定是妳的錯覺而已吧？」

聽到他直接了當地這麼說，日和更沮喪了。

這兩人你一言我一句，完全沒有在跟她客氣。

（都……都把人家當成傻子～～！）

日和握起擱在桌上的麥克風，起身站在沙發上。

「才不是什麼錯覺哩……他可是人家頭一次遇到的王子殿下。人家就是喜歡那個人啦！」

高聲這麼主張後，喇叭跟著傳來尖銳的迴音。

「吵死啦──！」

「好吵……！」

兩人紛紛皺起眉頭、以手掩耳。

「人家絕對不會放棄！」

以鼻子重重噴氣的日和，像是再次下定決心那樣緊緊握住麥克風。

「人家還以為今天會是個美好的一天耶……」

日和手裡拎著超市塑膠袋，邊走邊嘆氣。

今天，她完全沒跟那個人說到話。

而且，她原本打算徹底保密的事情，卻被最惡劣的那兩人給發現了。

算命ＡＰＰ明明說她今天的運勢超級好啊——

那兩人的說法雖然讓她忿忿不平，不過日和也不得不承認，他們的指摘內容的確都是事實。

自己最中意的服裝，是一件鬆垮垮的連帽上衣。髮型也亂七八糟。

不像其他女孩子那樣懂得打扮，或是長得很可愛。

「人家果然只能當個土包子嗎……？」

現實跟童話故事不同，不會有魔法師突然出現，讓自己一百八十度大變身。被動等待別人把自己變成女主角是行不通的。必須自己改變自己才行。

換上可愛的服裝、把髮型打理整齊。此外，她還想嘗試化妝。

那個人會喜歡什麼樣的人呢？

怎麼樣的女孩子，才會讓他心動呢？

日和對這樣的他一無所知。無論是喜好、興趣，或是他就讀的學校。

就連他的名字，她都未能問出口。

可是——

如果能擺脫土包子的形象，屆時，就鼓起勇氣向他告白吧。

（百分之百會被拒絕……這種事人家也知道啦。）

在告白後被狠狠拒絕，早就在她一開始的想像之中。

然而，她還是希望讓那個人看看蛻變後的自己——

該怎麼做才好～!?

被最惡劣的這些人發現了，

妳這樣不行啦。
百分之百會被拒絕。

＊heroine 5～女主角5～

這天，日和終於決定和長年穿著的鬆垮垮連帽上衣道別了。
這個星期以來，她買了朋友們時常在看的流行雜誌，也做了一番研究。
還買了顏色雖然有點高調，但看起來很可愛的口紅。
她甚至也砸錢買了帽子，還把鞋子從平常愛穿的運動鞋換成了樂福鞋。
雖然是上學穿的樂福鞋就是了——

日和躲在電線桿後方，朝書店所在的方向窺探。
雨點嘩啦啦地落在她靠在肩上的塑膠傘上。
今天從一大早就開始下雨。天氣預報還表示午後雨勢會變得很劇烈。
（人家才不會輸給這點雨哩！要……要上嘍！）
鼓起勇氣準備踏出腳步時，書店自動門打開了。

heroine5
～女主角5～

兩名看似高中生的女孩子走出來。

「我有稍微跟他說到話了～」

「咦咦～真好～」

兩人撐起傘開心地這麼交談。

儘管現在已經是十月快要結束的時期，她們卻若無其事地穿著光看就很冷的短褲，腳下則踩著鞋跟很高的靴子。

（好時髦喔……）

看到那兩個女孩子朝這裡走來，日和慌慌張張地轉身背對她們。

從對話聽來，她們或許也是為了那個人而造訪書店吧。

她心跳加速地在原地靜待那兩人走過。

「那個女生怎麼回事啊……好土喔！」

「等等，她會聽到啦……」

擦身而過時，這樣的竊笑聲傳入日和耳中。

待兩人離去後，日和不安地確認自己今天的穿著打扮。

（人家有這麼土嗎？）

她原本認為自己已經買下了店裡最可愛的連身裙了。

是針織衫的顏色不搭嗎？

又或者是頭上的帽子格格不入？

這麼說來，她在試穿的時候，一旁的女性店員臉上似乎也浮現了微妙的笑意。

（不……不要緊！那個人不會取笑人家的！）

日和重新鼓起幹勁，朝書店踏出步伐。

這時，有一輛大卡車從旁疾駛而過，地上的泥水也被高高濺起。

「嗚嘎！」

日和出自反射地用雨傘遮掩，但她的動作晚了一步，褐色的汙漬在針織衫和連身裙上慢慢擴散開來。就連帽子也掉到水坑裡。

日和撿起徹底濕透的帽子，沮喪地垂下雙肩。

變成這副模樣的她——實在也不好去見那個人。

「真是不走運耶……」

這麼喃喃自語後，放棄前往書店的她掉頭往回走。

返回公寓後，沒有多餘時間換一套衣服的她，就這樣直接趕往打工的事務所。

踏進休息室後，裡頭的愛藏和勇次郎正坐在椅子上打發時間。

看到日和狼狽的模樣，兩人先是一愣，接著像是再也忍不住似的垂下頭笑起來。

（無所謂。反正人家也早就料到會被你們取笑了！）

日和不滿地鼓起腮幫子，快步從兩人的後方走過。

可以的話，她真希望今天一整天都不用看到他們——

平常明明總是忙到分身乏術，偏偏在今天這種節骨眼閒著沒事做。

「難道妳用這副奇葩的打扮去那間書店了？」

愛藏將手臂繞過椅背，以調侃的語氣這麼問道。

「這樣也不錯啊。充滿個性。我想應該夠吸睛吧。」

翻著雜誌這麼說的勇次郎，雙肩也因為笑意而不停顫抖。

（真是的——！人家今天絕對不要跟這兩人說話了！）

日和將自己的包包用力放在房間角落的折疊椅上。

她打開包包，打算取出放在裡頭的毛巾，卻遍尋不著。

（忘記帶了嗎……）

忍不住嘆了一口氣時，後方傳來椅子挪動的聲響。

一條乾淨的白色毛巾「啪」一聲蓋在她的頭上。

她吃驚地轉過頭，發現勇次郎手捧著利樂包的可可亞飲料，從後方的出入口離開了休息室。

愛藏也從椅子上起身，跟上他的腳步。

兩人的嘴角都還掛著笑意。

待大門關上，日和才把蓋在頭上的白色毛巾拿下來。

「明明總是很壞心眼，有時卻很溫柔…………」

進入十一月之後，窗外的櫻花樹葉片也開始慢慢轉紅，從枝頭落下。

這天，因為天候不佳，社團活動選擇在室內開討論會。使用的場地是雛的班級教室。在會議結束後，其他人都離開了，只剩下日和與雛留在教室裡。

兩人隔著一張課桌，面對面地坐著聊天。

「咦咦！妳說變可愛的……方法？」

聽到日和找自己商量的問題，雛不禁瞪大雙眼又反問一次。

日和一臉認真地朝她點點頭。

「這種方法，我倒想請別人教教我呢……不過，妳怎麼會突然問這個？」

「呃～……因為人家也想試著稍微打扮一下自己呢。而且，人家想讓嘲笑人家的人刮目相看！」

看到日和雙手握拳這麼回答，雛輕笑出聲。

「原來如此。不過，我的意見恐怕不太值得參考耶。因為我也沒什麼在打扮……平常還會穿我哥的連帽上衣呢。」

「這樣呀？」

「嗯。因為太常穿了，整件都變得鬆垮垮的～」

「妳也會穿鬆垮垮的連帽上衣嗎，瀨戶口學姊！」

「沒錯！因為是自己很中意的衣服，不知不覺就老是拿那件來穿呢。」

（原來不只有人家這樣嗎～～！）

日和開心不以地以「就是這樣沒錯！」回應，並大力點頭。

「可是，我老是穿連帽上衣，結果就被笑說是土包子……所以，人家之後買了可愛的花朵圖樣的連身裙，但那件……評價也很差……」

日和的嗓音變得沮喪起來。

「我覺得花朵圖樣的連身裙很可愛啊。」

聽到突然從一旁傳來的嗓音，雛和日和吃驚地「哇！」一聲轉過頭。

出現在那裡的，是高二的高見澤亞里紗。

之前，跟雛一起去速食店吃東西時，亞里紗曾坐下來和她們聊天。她跟雛似乎是朋友。

「亞里紗！真是的～……嚇了我一跳！」

雛以手按著胸口「呼～」地吐出一口氣。

「妳來我們班上有事嗎？柴崎同學剛才被找去教職員辦公室了。」

「我又不是來找他的！」

「不然是有什麼事情？」

雛不解地問道。

她這麼一問，亞里紗「嗚」地說不出話，於是別過臉去。

猶豫了片刻後，她選擇在附近的某張椅子上一屁股坐下。

「比起我，我覺得亞里紗更了解怎麼挑選服裝喔～」

說著，雛望向亞里紗，以「對吧？」向她尋求同意。

「我也沒有到很了解的程度……」

「妳不是很常看流行時尚雜誌嗎？而且又是成海學姊的粉絲。」

「妳說的成海學姊，是模特兒的聖奈嗎？」

日和也知道成海聖奈這號人物。

因為她很常出現在電視廣告上，也經常成為班上的討論話題。

而且，她也曾在「ＬＩＰ×ＬＩＰ」的ＭＶ裡，和那兩人一同演出。

這麼說來，亞里紗分成左右兩撮的雙馬尾髮型，也跟成海聖奈一樣。

「高見澤學姊，妳平常都買什麼樣的衣服呢？」

日和端正自己的坐姿，以極其認真的表情向亞里紗討教。

「………連身裙……之類的……」

亞里紗沒有望向她，只是別開視線小小聲這麼回答。

雛一臉意外地詢問：「花朵圖樣的嗎？」

「荷葉邊或是花朵圖樣的……我很喜歡啊，幹嘛？」

亞里紗看似難為情地漲紅著臉這麼回答，語氣聽起來還莫名帶著怒意。

看來，花朵圖樣的連身裙這種選擇，果然沒有問題。問題大概在於日和選擇搭配的服裝配件吧。

亞里紗望向日和詢問：「妳們為什麼在聊這個？」

「因為……人家想好好打扮自己。」

「日和說她的班上有男生取笑她呢～！有些男生感覺永遠都長不大耶，真的很討厭。」

以手托腮的雛皺起眉頭回應。

「雖然理由不光是這樣就是了……」

看到日和一臉害羞地這麼說，雛和亞里紗不禁望向彼此。然後一起露出壞心眼的笑容。

「口紅之類的呢？」

亞里紗俐落地從書包裡掏出雜誌，攤開在課桌上。這本是上星期剛出版的流行時尚雜誌。

「人家有買一支……但好像不適合自己。」

「妳買什麼顏色的？」

亞里紗停下翻頁的動作望向日和。

「紅色……」日和縮起脖子小小聲這麼回答。因為算命APP上寫著「今天就來改變形象吧！」，所以她才豁出去選了這種顏色。

「紅色感覺好像跟妳的形象不太符合耶，日和？」

雛「唔～」地歪過頭思考。

日和笑著以「就是說啊～」回應，然後無力地垂下頭。

（人家真的是……完全不懂得怎麼打扮啊～～！）

或許是因為至今，她都不曾好好雕琢自己吧。

「這樣的話……試試看粉紅色或橘色系如何？」

亞里紗將雜誌上介紹的新色系口紅亮給日和看。

「喔喔，好可愛喔！」

「啊！真的耶。連我都想要了～」

「是為了誰擦啊？」

亞里紗露出調侃的笑容，朝雛瞄了一眼。

「有什麼關係嘛！」

三人看著雜誌興高采烈地討論時，教室大門處傳來另一道說話聲。

「亞里紗～久等嘍～～！」

輕輕揚起一隻手踏進教室裡的人是柴健。

「我才沒有在等你！」

亞里紗隨即轉過頭這麼反駁。

柴健走到亞里紗身旁，探頭望向她的臉詢問：「不然，妳為什麼來我們班啊？」臉上還掛著看起來很開心的笑容。

「我……我是來找雛的啦……」

亞里紗別過臉去，支支吾吾地回應他。

「是說……妳們聚在一起，在聊什麼啊？」

柴健站在亞里紗身旁，望著三人這麼問道。

「我們在討論讓日和變得更可愛的方法呢。對吧？」

雛開口回答。

日和也挺直背脊以「是的！」回應。

「日和班上有男孩子取笑她是土包子呢，真過分。」

聽到雛這麼說，柴健「啥～？」了一聲，同時不悅地皺起眉頭。

「那傢伙絕對是個笨蛋吧？不需要在意這種事啦～反正，他一定是個性超級扭曲、完全不受女孩子歡迎的傢伙。」

「可是，妳想讓他另眼相看吧？」

日和以「是的！」回應，並重重點頭。

「既然你人都來了，就給她一點建議呀。」

亞里紗這麼催促，柴健「嗯？」地望向日和。

「我覺得無論是哪個女孩子，維持自己原本的模樣就夠可愛了啊。」

嘻皮笑臉地這麼回答後，柴健的腹部隨即挨了一記重拳。

他發出「咕……！」的痛苦呻吟彎下腰來。

「亞里紗同學……剛才那一拳……真的是強而有力……！」

「呆瓜……」

亞里紗鼓起腮幫子別過臉去。

在一旁看著兩人互動的雛和日和，先是吃了一驚，隨後同時笑出聲來。

這天，打工結束後，日和仍留在事務所的休息室裡。

今天，愛藏和勇次郎都為了討論新歌而外出，不在事務所裡。

她坐在椅子上，從包包裡掏出信紙組和鉛筆盒放在桌上。

「想傳達自己的心意的話……可以……寫信吧？」

聽到日和找自己商量的問題，雛給出這樣的建議。

「因為對方是個很難找到攀談機會的人吧？」

「是……是的……」

「既然這樣，寫信果然是最恰當的方式吧？我也……」

「難道學姊也曾寫信給誰嗎？」

「咦！這個………！是……有寫過沒錯啦……」

「咦咦！是寫給榎本學長嗎？」

「虎太朗？不不不！要是我寫信給虎太朗，那也只會是絕交的信而已啦！」

回想起跟雛的這段對話，日和的嘴角不禁上揚。

（瀨戶口學姊害羞得滿臉通紅的模樣，真的好可愛喔……不過，她寫信的對象是誰呢？是很帥氣的人嗎？）

像雛這麼可愛、感覺又很有異性緣的女孩子，也會因為無法和喜歡的人攀談，而選擇寫信給對方嗎？想到這裡，日和就覺得心中湧現了勇氣。

坦率寫下自己所有的心意和想法就可以了——這麼建議她的人也是雛。

為了闡述自己的心意，日和不時停筆思考。

因為有太多話想告訴對方，寫滿字的信紙開始增加到兩張，甚至三張。

在日和寫到完全忘了時間的時候，突然有個「咯！」的笑聲傳入耳裡。

她吃驚地抬起頭，這才發現愛藏和勇次郎不知何時站在自己的兩側。

因為寫信寫得相當專注，即使這兩人踏進休息室裡，她也渾然不覺。

「嗚……嗚嘎啊啊啊啊啊——————！」

日和漲紅著臉尖叫起來，同時以手臂遮住桌上的信紙。

「『書店的王子殿下』是什麼東西啊……」

勇次郎以手掩嘴，強忍著想要笑出來的衝動。

「你……你……你……你們都看到了？」

「妳光明正大坐在這裡寫，當然會看到啦。」

說著，愛藏撿起一張掉在地上的信紙。

日和連忙起身，一邊喊著「還……還給人家啦～～！」一邊伸長手跳起。

「這些難道是要寫給妳之前說的那個傢伙？」

「你……你不要管啦。」

日和滿臉通紅地別過臉去。

「是無所謂啦，但妳的字寫錯了喔～」

「咦！哪裡？」

「這個字跟這個字。還有，『莎比士亞』是誰啦。是『莎士比亞』好嗎！」

愛藏從日和的鉛筆盒裡掏出紅筆，毫不留情地在信紙的各處打叉。

「啊啊，人家寫好的信～～！」

「而且妳的字好醜……」

聽到勇次郎這麼說，日和大受打擊。

「人家已經很努力寫整齊了耶！」

日和自認，她寫在信紙上的這些字跡，已經比上課抄筆記的字跡工整了三倍。

愛藏和勇次郎「唉～」地嘆了口氣，揪住日和的肩頭，強迫她重新在椅子上坐好。

「「全部重寫！」」

十分鐘後——

日和戰戰兢兢地將自己不知道重寫過多少次的信紙遞給兩人。

「這樣寫……可以嗎？」

這次，她應該沒有寫錯的地方了。她已經檢查過三次，也盡可能將每個字寫得工整漂亮。

把日和的信看過一遍後，愛藏得出「大概就這樣吧……」的結論，然後遞給勇次郎。

同樣看過一遍後，勇次郎表示「嗯，應該可以吧？」便將信紙還給日和。

「雖然連妄想的內容都寫出來了。」

「有什麼關係，這就是人家的心意啊！」

日和細心地將信紙折起來，再放進信封裡，然後在封口處貼上熊貓的貼紙。

接著高舉起雙手大喊：「好，完成了！」

（總覺得今天一定會很順利！）

日和從椅子上起身，帶著笑容表示：「那人家出發嘍！」

離開事務所後，日和隨即來到那間書店，心跳加速地穿越自動門入內。

踏進店裡後，因為過度緊張，她連動作都變得僵硬起來。

（難得那兩個人這樣協助人家了……！）

日和以雙手拿著那封信，壓在自己的胸口上。

平常的這個時間，他應該還在店裡打工。

她一邊東張西望，一邊在書架之間穿梭。

在店內晃了一圈後，日和仍沒有看到他的身影。

時常為了他踏進書店的那些女孩，今天也不見半個。

（難道他今天休假……？）

發現一名正在確認庫存的店員後，日和有些畏畏縮縮地以「請問～」朝他搭話。

對方轉過頭來。是胸前別著「店長」名牌的男性。

「經常都在店裡的……那位工讀生……」

光是聽到日和這麼說，店長似乎就明白她要找的人是誰了，於是笑著回應：「噢，妳說他啊！」

「他今天要上舞蹈課，所以休假啊！」

「舞蹈課？」

「有給他的信的話，就給我保管吧。我會確實轉交給他的！」

店長俐落地從日和手中抽走那封信，放進自己的圍裙口袋裡。

仔細一看，那個口袋已經塞滿了信封。

（難不成那些……都是其他人寫給那個人的信？）

店長笑著表示：「哎呀～今天的信還真不少耶。」

「那……那就麻煩你了……」

說著，日和朝他一鞠躬。

日和嘆著氣踏出書店，垂頭喪氣地走在開始變昏暗的街道上。

「交給他了嗎？」

這麼朝她搭話的，是靠在路旁柵欄上的愛藏。

他似乎是跟勇次郎一起在這裡等日和。

為了避免引人注目，兩人現在都是戴上帽子和眼鏡的變裝狀態。

「嗯……嗯……交給店長了……」

「為什麼是交給店長啊？」

勇次郎歪過頭，像是要說「我聽不懂妳在說什麼」。

「因為那個人今天休假……」

垂著頭這麼回答的時候，突然想起一件事的日和不由得「啊啊！」地大喊出聲。

「人家忘記寫上自己的名字了——！」

日和不悅地鼓起腮幫子，快步走在因為入夜而亮起街燈的道路上。

兩人的竊笑聲不時從後方傳來。

「竟然忘記寫最重要的名字，妳到底在幹嘛啊……！」

「完全沒有意義……！」

走進窄小的巷弄裡後，日和停下腳步，轉過身面對那兩人。

「你們也不用笑成這樣吧……！」

愛藏直接捧腹大笑，嘴上還嚷嚷著：「不行，笑得好痛苦！」

勇次郎也用手掩著嘴巴垂下頭。

（這兩個人真的都好差勁～！）

日和氣到全身發抖，眼裡也噙著淚水。

「人家是認真的，但你們卻一直這樣調侃……把人家當笑話看很有趣嗎！」

就算想要試著自己努力，到頭來卻總是白忙一場。

總是掌握不到最佳時機、讓事情順利進行。

（為什麼人家……總是一直在失敗呢…………）

而且又被這兩人當成取笑的對象——

「人家也很拚命在努力啊！」

說著，再也忍不住的她在原地癱坐下來，然後「嗚哇啊——！」地放聲大哭。

看到這一幕，覺得自己或許說得太過火的愛藏和勇次郎，有些尷尬地面面相覷。

愛藏將手撫上後腦杓，「唉……」地嘆了一口氣。

「啊～……真受不了，妳別哭了啦！」

「還不是因為你們以取笑人家為樂……！」

「是我們錯了啦！我們說得太過火了！」

愛藏以粗魯的語氣這麼道歉，接著伸手將坐在地上的日和拉起來。

♪ ＊ ✿ ✿ ♫

來到附近的公園後，因為已過了晚上九點，裡頭不見其他散步的遊客。

日和坐在鞦韆上哽咽地吸著鼻水時，愛藏說了一句「拿去」，將罐裝熱紅茶遞給她。

「謝謝……」

輕聲道謝後，日和以冰冷的雙手捧起罐子。

「妳是真的喜歡那傢伙？」
勇次郎坐在鞦韆前方的柵欄上這麼問。
愛藏把罐裝可可亞遞給他。
「要是不喜歡，人家也不會特地去見他呀……」
日和以濃厚的鼻音回答。
老實說，她不知道這樣的情感是否就是「戀愛」。
可是，她想見到對方，也想跟他說話。被他主動搭話，甚至會讓她高興得想要起舞。
這是日和第一次體會到這樣的心情。

「妳不知道他的名字，也不知道他念哪所學校，更沒好好說過幾句話吧？」
愛藏一邊這麼問，一邊拉開罐裝咖啡的拉環。
「人家有跟他說過話啊！」
「那是他跟妳推薦幾本書而已吧？」
勇次郎沒好氣地從旁指摘。

「是這樣沒錯啦……」

說著，日和沮喪地望向手中的罐裝紅茶。

畢竟，她幾乎都只是躲在書架後方，偷偷看著對方的身影而已。

「可是……他很溫柔……也很帥氣……」

「長相帥氣、個性很好又很溫柔……這是來自哪個夢想國度的王子殿下啊。這種傢伙不存在好嗎？跟土龍一樣，屬於未確認生物體，是如夢似幻的存在。妳放棄吧。」

「他……他明明就存在！在書店裡啊！」

日和不禁開口反駁愛藏的說法。

「就算存在，恐怕也已經有女朋友了吧？」

勇次郎啜飲一口可可亞之後這麼說。

無法回嘴的日和，只能發出「嗚～」的微弱呻吟聲。

「也是啦。要是真的這麼完美無缺，女生怎麼可能讓他維持單身呢。一個俗氣的土包子，他八成完全不會放在眼裡吧。」

「這不用你說，人家也知道啦……」

日和的眼中再次浮現淚水。

正因如此，她才會像這樣努力試著讓自己變可愛。然而——

「真拿妳沒辦法……」

說著，愛藏來到日和的跟前。

突然被他抬起下巴，日和吃驚地眨了眨眼。

「你……你做什……！」

「嗯～……應該……還有救吧？」

將日和的臉轉向一旁後，愛藏輕聲這麼開口。

「雖然哭臉慘不忍睹就是了。」

坐在柵欄上的勇次郎笑著附和。

「那就動手吧。」

說著，愛藏收回抬起日和下巴的手，扠在自己的腰間。

感到一抹不安的日和詢問兩人：「動……動手做什麼？」

望向彼此的愛藏和勇次郎，雙雙露出像是在打什麼壞主意的笑容。

「妳想變身成女主角對吧？」

「就由我們負責把灰姑娘送到王子殿下身邊吧。」

聽到兩人的發言，日和不禁愣在原地。

（他們……要替人家……？）

「咦……咦咦咦——————！」

「不過，她不是留下一隻玻璃鞋，而是忘記在信裡寫下自己名字的灰姑娘就是了。」

聽到勇次郎笑著這麼說，愛藏也笑著表示：「沒錯，就是這樣。」

「妳打算怎麼做？不願意的話就算嘍。」

愛藏這麼一問，日和有些迷惘地垂下眼簾。

接著，她猛地抬起頭並起身。鞦韆隨著她的動作「嘰～」一聲劇烈搖晃起來。

「人家願意！人家會加油！」

有這兩人出手相助的話，日和總覺得自己好像會成功。

至少，一定會比她獨自白忙一場來得更有效果。

「下次，為了避免忘記，人家會附上寫著自己名字的大型布條！」

日和睜著閃閃發亮的雙眼，雙手握拳這麼表示。

「那是選舉的人在用的啦！」

「也沒關係啊，反正很搶眼嘛。」

就這麼決定了——像是達成這樣的共識般，三人各伸出一隻手和彼此擊掌，然後一起笑出聲來。

人家會加油！

涼海日和

染谷 勇次郎

LIP×LIP

我稍微有自信了。

土包子的我，
也可以變成公主殿下。

我們來
讓妳變身吧。

柴崎愛藏

2月22日生
雙魚座　A型
高一　回家社

跟日和同班，
是人氣團體LIP×LIP的成員。
脾氣暴躁又粗魯，
但意外很會照顧人。

heroine 6 ~女主角 6~

這個星期六的午後，日和與愛藏、勇次郎一起待在事務所的休息室裡。

她今天不用打工，是另兩人以「我們有很重要的事！」拜託經紀人內田，請她開放休息室給三人使用。

桌上擺滿了從便利商店買來的各類零食和飲料。

坐在椅子上的勇次郎，隨即拆開一盒巧克力吃了起來。

「總之！關於目標對象，目前了解的情報就只有這些！」

愛藏以一隻手拍拍白板這麼說。

白板上以食蟻獸的插圖為中心，另外又寫上「天竺鼠的反擊」、「莎士比亞」、「玫瑰」、「在書店打工」、「是FT4的粉絲」等零星的資訊。

日和嚼著零食，雙眼閃閃發光地大喊：「喔喔！」

「光是這樣，也完全沒有頭緒啊。是說，那張圖是什麼？」

勇次郎以手托腮，懶洋洋地這麼問。

他搖晃著手上包裹著一層巧克力醬的棒狀餅乾。

「是食蟻獸！看就知道了吧！」

「為什麼是食蟻獸？」

愛藏以「別問我啦」回應後，又望向日和。

「妳還知道什麼其他情報嗎？」

「啊！書店店長說他有在上舞蹈課！」

「哪種舞蹈課啊？」

被這麼一問，日和愣愣地反問：「什麼哪種？」

「舞蹈有很多種啊。凌波舞、哥薩克舞、草裙舞之類的。」

「說不定是芭蕾舞？」

說著，勇次郎啪一聲折斷叼在嘴裡的巧克力餅乾。

（芭蕾舞！天鵝湖裡頭的王子殿下，感覺跟他的形象很合呢……）

將零食塞進口中的日和陶醉地幻想起來。

愛藏伸出手一把抓住她的腦袋。

「要沉浸在幻想裡的話，晚點再說吧。」

「是……是！對不起！」

日和連忙端正自己的坐姿。

「所以，他是個喜歡閱讀《天竺鼠的反擊》和莎士比亞的著作，還喜歡玫瑰跟食蟻獸，同時又在上某種舞蹈課的高中生……是嗎？他到底是個什麼樣的傢伙啊？根本完全搞不懂嘛。」

「《天竺鼠的反擊》是什麼東西？」

勇次郎一頭霧水地蹙眉問道。

「啊，那本小說超級有趣的喔！」

「總之，就算想擬定對策，現有的情報也太少了。所以呢！」

愛藏再次拍了一下白板。

「我現在要對土包子下達指令！」

「喔喔！……咦，你說人家嗎！」

「妳現在馬上去書店執行偵察任務！」

「咦？現在～～？」

「妳到底有沒有幹勁啊？」

「有！超級有！」

日和猛地從椅子上起身，向兩人行舉手禮表示：「那人家出發了！」

「至少也得知道他的名字和就讀的學校。在弄清楚之前，可別回來喔。」

「收到──！」

這麼回應後，日和便衝出休息室。

♪ ＊ ✿ ♫

（話雖如此……但所謂的偵察，要做些什麼才好啊～～）

戴上口罩為自己變裝後，日和踏進書店裡東張西望。

沒頭沒腦地來訪，卻看不到最關鍵的他的身影。

（他今天……休假嗎？）

日和鬼鬼祟祟地從書架後方探出頭來。

那個人今天或許又去上舞蹈課了？

還是待在後方倉庫整理庫存呢？

她這麼思考的時候，一道「啊，果然是妳……」的聲音傳來。

日和轉頭，發現書店的王子殿下笑容可掬地站在她身後。

她連忙整個人轉過來面對他。

（平常明明都沒有交談的機會……為什麼偏偏是今天！）

他「咦？」了一聲，移動到日和身旁望向她的臉。

「妳為什麼戴著口罩哩？」

「咦！啊，這個是……因為人家有點感冒！」

日和假咳了幾聲，試圖蒙混帶過。

「還好嗎？妳的臉也很紅……會不會是發燒了？」

他露出有些擔心的表情，伸出手想確認日和的額溫。

「人……人家沒事！只是……只是衣服穿太多件而已！」

眼見他的手即將觸碰到自己的額頭，日和不禁慌慌張張地往後退。

臉頰的溫度一口氣飆升，讓她覺得有些頭暈目眩。

「那就好……不過，可不能太勉強自己哩。妳今天還是早點回家休息比較好吧？」

「好……好的！」

「對了……這個給妳。」

他從制服圍裙的口袋裡掏出喉糖，放在日和的掌心，並表示：「這個很有效喔。」

「那麼，下次見。」

他揮揮手以爽朗的笑容向日和道別後，便離開原地。

＊

日和帶著一臉呆滯的表情返回事務所休息室時，在裡頭等她的愛藏和勇次郎正在懶洋

洋地打發時間。

「知道什麼新情報了嗎？」

被愛藏這麼問，日和露出傻笑。

「他給人家喉糖呢……果然很溫柔……！」

日和陶醉地望著掌心裡的喉糖時，一記手刀狠狠劈向她的額頭。

「不是這個吧！」

「可……可是，如果能輕鬆問出對方的名字或就讀的學校，人家也不用這麼辛苦了啊！」

看到日和按著自己的額頭這麼回應，愛藏露出錯愕的表情「唉～～」地嘆氣。

「我知道了。土包子無法執行偵察任務。換下個作戰！」

愛藏像是為了重新振作而這麼開口後，又用一隻手拍了拍白板。

「喔喔！」

日和睜著閃閃發亮的雙眼望向他，接著望向自己的掌心，然後「咦？」了一聲。

原本在她掌心裡的那顆喉糖，不知何時消失了。

她吃驚地望向一旁，發現勇次郎拆開了喉糖包裝，正要送入口中。

「啊啊啊啊～～！那是他送給人家的喉糖！」

「好難吃……」

將喉糖放進嘴裡的勇次郎皺起眉頭。

「那是人家的～～！」

隔天，在打工時間結束後，日和馬上來到休息室。

因為愛藏傳了一封「忙完之後過來開作戰會議」的簡訊給她。

踏進休息室後，已經在裡頭等著的兩人異口同聲地喝斥：「妳好慢！」

在晚上的舞蹈課開始前，他們似乎有一段空閒時間。

「人家已經盡快結束工作了耶！」

「好啦，趕快去換穿這裡頭的衣服吧。」

說著，愛藏咚一聲將一個大行李箱擺在日和面前。

「……這是？」

「跟造型師借來的衣服。」

坐在桌前的勇次郎以手托腮這麼回答。

「你們特地為了人家借來的？」

儘管嘴巴很壞，但這兩人似乎是真心想要幫她的忙。

（但人家卻說你們很差勁……對不起！）

日和大為感動地在內心向兩人道歉。

「這一整箱的衣服裡頭，應該至少能找出一件適合妳的吧。」

聽到愛藏這麼說，日和露出笑容以「嗯！」回應。

隨後，她環顧休息室，小心翼翼地開口：「那個～」

「不過，人家要在哪裡換衣服啊……？」

這間休息室裡頭並沒有能換衣服的空間。她也不可能窩在桌子底下換。

兩人異口同聲表示「那裡」並同時以手指指著的地方，是以窗簾隔開來的一個區域。

那裡平常用來放置雜物，從窗簾縫隙之間，可以看到熊貓布偶裝的一顆大頭。

「咦咦！怎麼這樣～～！」

「有什麼辦法啊，又沒其他地方能用。好啦，快點去換！」

聽到愛藏的指示，日和心不甘情不願地拖著行李箱往窗簾後方走去。

幾分鐘過後——

「這件如何？」

日和從窗簾後方跳出來，「登楞～！」地在兩人眼前亮相。

轉過頭來的愛藏和勇次郎，不約而同地表示：「為什麼是啦啦隊服啦！」

「果然行不通嗎～」說著，日和再次返回窗簾後方。

之後，日和又陸陸續續換上縫滿荷葉邊的圍裙、水手服等不同服裝，以「這件怎麼樣呢！」不斷在兩人面前登場。

然而，換來的卻都是「不行」、「傻子嗎妳」、「好怪」之類的負面評價。

「為什麼盡是一堆像是角色扮演用的服裝啦！」

愛藏氣沖沖地這麼開口，然後望向一旁的勇次郎。

「我說……你跟造型師借衣服時，是怎麼開口的啊？」

「就很普通地說『請借我幾套可愛的女用服裝』這樣啊。」

勇次郎望向愛藏反問：「有什麼問題嗎？」

「不，是沒問題啦……不過，我想對方絕對是誤會了什麼吧。」

換上女子偶像的舞台裝走出來後，日和開心得雙眼發光。

「人家就穿這件去！」

（這件好可愛喔！）

「「去哪裡啊！」」

望向她這身打扮後，愛藏和勇次郎分秒不差地開口吐嘈。

過了三十分鐘後——

「明明……有這麼多套衣服……為什麼看起來最適合的，竟然會是學校的運動服啊……」

看著換上學校運動服的日和，愛藏無力地雙膝跪地，雙手也跟著撐在地上。

「總覺得……有點抱歉哩……你別這麼煩惱嘛～～」

日和在原地不知所措的時候，勇次郎拿起布偶裝的熊貓頭套在她頭上。

「這樣應該可行吧？」

「說得也是。反正也很適合！」

說著，愛藏和勇次郎以手掩嘴，發出「咯！」的笑聲。

「……反正……人家就是只適合運動服和布偶裝而已。」

日和走向休息室的一角，沮喪地抱著雙腿面壁坐在地上。

「唉～真是的，我知道了啦。再這樣下去，也得不出結論啊～！」

這麼開口後，愛藏又以「好啦，出發嘍！」催促，並揪住日和的運動服衣袖將她拉起。

搖搖晃晃地起身後，布偶裝的熊貓頭也跟著從日和頭上脫落。

「咦！你說出發，是要去哪裡？」

她不知所措地望向兩人。

「去找能替我們想點辦法的人。」

勇次郎這麼回答。

「等等，人家身上還穿著運動服耶～～！」

被兩人推上計程車的日和，在一頭霧水的情況下，被他們領著來到了髮廊。

或許是有事先聯絡過吧，戴著黑框眼鏡的一名男性髮型設計師，已經在裡頭等著他們。

「怎麼啦？你們倆竟然會一起來。」

以手抵著下巴望向愛藏和勇次郎的他，臉上帶著像是看到什麼罕見光景的表情。

「「替這傢伙想點辦法吧！」」

被愛藏和勇次郎從後方一堆，日和踉蹌地往前跨出一步。

現在的她，身上穿著運動服又頂著一頭亂髮，實在讓人怪難為情的。男性髮型設計師先是圓瞪雙眼，接著露出笑容。

看到他的笑容，日和臉上浮現「他要對人家做什麼？」的畏懼表情。

「呀啊啊啊～～」

日和被迫坐上洗頭椅，讓滿面笑容的女性員工努力搓洗她的頭髮。

「請問有沒有哪裡會癢呢～？」

「沒……沒有……」

被帶去給寵物美容師洗澡的狗，大概就是這種感覺吧。

日和不禁發出「呼嘎～！」的吶喊聲。

這段期間，愛藏和勇次郎則是坐在沙發上翻閱髮型雜誌。諸如「這個如何？」「這是香菇頭吧」「那這個呢？」「這很像河童」的詭異對話持續傳來。

（香菇？河童？他們打算把人家弄成什麼樣子啊！）

日和猛地轉頭望向兩人所在的方向，卻馬上被女性員工以「請不要轉頭喔～」將她的臉扳回來。

終於洗完頭之後，女性員工以「這邊請」領著日和來到面對一張鏡子的椅子前。全身癱軟地在椅子上坐下後，男性髮型設計師走了過來。

「那麼，來變可愛吧？」

男子喀嚓喀嚓地動了幾下在手中閃閃發光的銳利剪刀，笑著對日和這麼說。

日和嚇得臉色發白，不禁緊緊抓住椅子的扶手。

（救命啊————！）

一小時後——

「剪成這樣如何？」

男性設計師指示坐在旋轉椅上的日和看鏡子。

瞥見倒映在鏡中的自己，日和感動地發出「喔喔喔！」的驚嘆。

頭髮的長度沒什麼改變，但整體看起來變成了清爽又時髦的鮑伯頭。

再加上女性員工還替她稍微化過妝，現在，日和的嘴唇泛著水潤的光澤，雙眼看起來也炯炯有神。

（跟過去的人家……看起來完全不一樣！）

她忍不住轉頭望向愛藏和勇次郎，帶著滿心期待詢問他們：「怎麼樣？」

「感覺還不錯吧。」

勇次郎雙手抱胸這麼說。

愛藏也一臉滿意地點頭表示：「是啊。」

休閒服飾店、少女服飾店。三人陸陸續續逛了好幾間服飾店，試穿各種不同款式的服裝。

一開始，原本因店內的氣氛有些退縮的日和，也慢慢習慣，甚至對試穿樂在其中。

每間店裡都充斥著讓人想一件接一件換上的可愛服裝。

「果然還是這件好吧！」

「啥？誰會穿這種衣服啊。你的美感太糟糕了，到旁邊去啦。」

「比起你挑選的衣服，我的好多了吧！」

「哪裡好了啊？」

看著開始在店裡鬥嘴的兩人，一旁的女性店員臉上浮現有些困擾的笑容。

（每一件都好棒喔……）

在旁邊眺望琳瑯滿目的服裝時，日和發現了一件以荷葉邊和蝴蝶結妝點的連身裙，不禁雙眼閃閃發亮地發出「喔喔！」的讚嘆聲。

她拿起那件衣服給兩人並表示：「人家想穿這件！」

「「這件不行。」」

一轉過頭來，兩人便以極其認真的表情這麼否決。

將衣服、鞋子和飾品都湊齊之後，兩人便走到收銀台結帳。

同時準備掏出錢包的瞬間，他們帶著「嗯？」的表情望向彼此。

後方的日和在聽到結帳金額後，「噫噫噫～～！」地嚇得臉色發白。

她轉身背對兩人，掏出自己口金包造型的小錢包。

（原本想留到發生緊急狀況時再用……但……現在就是緊急狀況！）

日和從裡頭抽出一張折成小小四方形的一萬圓鈔票，緊緊握在手中。

一切都是為了變可愛。

站在收銀台前方的愛藏和勇次郎，一邊試著以手肘將對方擠開，一邊搶著付錢。

日和一把推開這兩人，將一萬圓鈔票「啪！」地放在收銀台上。

「麻煩結帳——！」

兩人露出「咦？」的表情望向她。

（這個月……就吃生雞蛋拌飯來熬過去吧～～！）

走出服飾店時，已是空中被染成一片橘紅的黃昏時段。
剪了頭髮、化了妝、服裝搭配也萬無一失。
日和彷彿脫胎換骨成另一個人，幾乎要忘了自己過去的模樣。
踩著輕飄飄的步伐前進時，走在前方的兩人停下腳步轉過來望向她。

「感覺比之前好多了嘛。」
日和愣愣地凝視著笑著這麼表示的兩人。
「妳有在聽嗎？」
勇次郎探過頭來這麼問。
這時，日和才終於回過神來，連忙以「嗯……嗯！」回應他。
「趕快到那位王子殿下身邊去吧。」

看著將雙手插在口袋裡、轉身準備繼續往前走的愛藏，日和從後方一把緊緊抱住他。

嚇了一跳的愛藏轉頭吶喊：「妳幹嘛啊！」

將雙臂從愛藏身上鬆開後，日和轉身準備抱住在一旁圓瞪雙眼的勇次郎。

然而，勇次郎早一步伸手按住她的臉，阻止她撲向自己。被擋下來的日和不禁發出「咕呼！」的聲音。

難得她想來個感人肺腑的深情擁抱呢——

「妳這是在幹嘛？」

勇次郎露出沒好氣的表情問道。

「謝謝你們！人家會加油的！」

她帶著滿面笑容這麼對兩人說。

倘若光憑自己的力量，她想必無法像這樣徹底變身。

她變得有自信一些了。原來，土包子也可以成為女主角。

愛藏和勇次郎露出有些吃驚的表情。

之後，他們朝彼此看了一眼，又分別移開視線。

之所以垮著一張臉，或許是想掩飾難為情吧。

「……妳可別哭著回來喔。麻煩死了。」

「絕對不會再讓你叫人家土包子了！」

日和指著愛藏這麼宣言。

「……不會了啦。」

這麼輕喃後，愛藏「呵」地露出溫和的笑容。

接著，勇次郎走到日和前方，輕輕拾起她的手。

他放在日和掌心裡的，是個看起來很熟悉的小巧花朵墜飾。

日和吃驚地望向這個墜飾。

（是人家斷掉的手鍊的……）

因為弄丟的當下遲遲找不到，她原本都已經放棄了。

她猛地抬起頭來望向勇次郎。

「……祝妳幸運。」

以比平常更溫柔一些的語氣這麼說之後，勇次郎鬆開了日和的手。

日和感覺胸口湧現一股暖流。

「嗯……」

她將小花墜飾緊緊握在掌心。

「謝謝你。」

她忍住幾乎要湧現的淚水，輕聲這麼道謝。

這兩人的加油打氣，現在讓她發自內心地感到開心。

「「快去吧！」」

兩人伸手拍了她的背一下。

日和轉身，帶著笑容表示「人家要出發了！」同時朝兩人行舉手禮。

之後，她稍做深呼吸，有些緊張地望向前方。

挺起胸膛吧。只有今天，自己就是「女主角」——

日和抬起頭，踏著輕盈的腳步衝了出去。

「……搞不好會意外地順利喔。」

愛藏輕聲開口。

「……真的這樣的話，其實也不錯啊。」

勇次郎凝視著日和逐漸遠離的背影，微笑著這麼回應。

「說得也是。」

愛藏望向被夕陽染成鮮紅色的天空，微微瞇起雙眼。

「話說回來……剛才那個小花飾品是什麼？」

「……祕密。」

我要出發去告白嘍！
heroine 7 ~女主角7~

要是在告白後壯烈成仁，

請笑我是個笨蛋吧，拜託。

heroine 7 ～女主角7～

太陽已經下山，告知時刻來到七點的時鐘報時聲在廣場迴盪著。

日和坐在噴泉旁的長椅上，有些坐立不安地望向夜空。

（在書店附近等是不是比較好呢……）

不過，這麼做恐怕會讓人覺得自己是刻意埋伏在那裡，搞不好還會嚇到對方。

如果他沒有經過這片廣場，日和等於是在這裡空等。

更何況，他說不定會因為要上舞蹈課，或是有其他事情，所以今天根本沒去打工。

如果能在這裡遇見他的話——

屆時，日和總覺得一切都會順利發展。

兩人的相遇並非純粹的「巧合」，而是「命運的安排」——她總覺得自己能這麼相信

了。

她緩緩攤開掌心，望向一直被自己緊緊握著的花朵墜飾。

「祝妳幸運……」

這句話，讓她湧現了勇氣。

「……咦？」

突然傳來的嗓音，讓日和像是觸電般抬起頭來。

在路燈旁停下腳步的，正是她等待的那個人。

她不禁「啊！」一聲從長椅上起身。

「妳今天感覺不太一樣……嚇了我一跳呢。怎麼哩？妳在這裡等誰嗎？」

他直直盯著日和看，然後露出微笑問道。

「嗯……嗯……人家有個很想見的人，所以在這裡等他……！」

她垂下頭，緊張得以手緊緊揪住自己的裙子。

他先是露出「咦？」的表情，接著一臉認真地朝日和走近。

「難道……妳是在等我？」

日和點點頭，然後緩緩抬起頭來。

她先是緊抿雙唇，接著下定決心似的以「那個！」開口。

（最重要的是勇氣，還有……魄力！）

「人…………！人家喜歡————！」

「「妳給我等一下————！」」

日和正要開口告白時，一旁的草叢裡突然傳來其他人聲。

聽到這個吶喊聲的她吃驚地轉頭，結果看到愛藏和勇次郎慌慌張張衝出來。

勇次郎一把揪住日和的手臂，然後將她往後拉。

愛藏則是從另一側伸手掩住她的嘴巴。

（咦咦咦咦～～？為……為什麼啊啊啊！）

好不容易鼓起的勇氣，跟日和想說的話一起被她吞回肚裡。

完全慌了手腳的她，雖然想望向這兩人，卻因為被他們壓制住而無法動彈。

「咦……你們怎麼會在這裡？」

看到突然介入的兩人，他傻眼地這麼詢問。

「這是我想問的問題。你為什麼會在這裡啊，海堂飛鳥！」

愛藏摀著日和的嘴巴，惡狠狠地盯著他這麼問。

（海……海堂……飛鳥？）

這就是那個人的名字嗎？為什麼愛藏會知道？日和完全一頭霧水。

而被喚作飛鳥的他，似乎也認識這兩個人的樣子。

不過，他們感覺不像是朋友，雙方都散發出某種一觸即發的緊繃感。

「我是因為打工結束，在回去的路上經過這裡而已……你們認識她嗎？」

「這傢伙是我們的經紀人實習生！」

聽到這裡，飛鳥「咦？」了一聲，然後吃驚地望向日和。

開始覺得有些呼吸困難的日和，不禁在原地用力踏步起來。

仍繼續瞪著飛鳥的愛藏，摀著日和嘴巴的手反而更用力了。

幾乎被他緊箍到無法呼吸的日和，只能瘋狂揮動自己的雙手。

「所以，你不要再跟這傢伙扯上關係了。再見！」

語畢，愛藏終於放開摀著日和嘴巴的手，日和「噗哈～！」地大大吐出一口氣。

還沒來得及好好呼吸，勇次郎便拉著日和準備離開，讓她踉蹌地踏出一步。

（等……等一下～！人家……還沒有……告白……！）

「你等一下！」

飛鳥這麼開口，伸手揪住勇次郎的手臂。

「我們的話還沒說完哩！」

「啥？」

勇次郎揮開飛鳥的手，明顯地垮下臉。

「話？什麼話？」

「不，我也不知道，但是……妳有話想跟我說對吧？」

飛鳥以認真的表情望向日和這麼問。

「她沒有任何要跟你說的話。是你誤會、多心了！」

日和還來不及點頭，愛藏便搶在她之前一口否定。

「不，她說她在等我啊。而且，你們為什麼要妨礙她呢？」

「跟這傢伙約好碰面的人是我們啦！」

語畢，愛藏瞪著日和質問：「是這樣沒錯吧！」

「咦！人家……………！」

「妳是在等我對不對？」

飛鳥推開愛藏這麼問。

「人……人家有話想……………！」

手足無措的日和這麼低聲開口。

「看吧。她有話要跟我說哩。你們別礙著她。」

「你幹嘛隨隨便便跟別人的經紀人實習生搭話啊？」

勇次郎介入怒目相視的愛藏和飛鳥之間。

「就是啊。想跟她說話的話，要先經過我們的同意！」

「要跟她說話，是我的自由吧？我覺得你們應該沒有權利干涉喔。」

「所以，你要跟她說什麼啦！」

「要說什麼都無所謂吧。跟你們無關啊！」

或許是被愛藏和勇次郎影響吧，平常給人感覺溫和敦厚的飛鳥，現在緊皺著眉頭，以強硬的語氣這麼反駁兩人。

（吵……吵起來了～！）

三人散發出一觸即發的濃濃火藥味。

他們你來我往地爭執起來，彷彿完全忘了日和的存在。

介入這樣的三人之間的，是一聲開朗到有些突兀的：「等一下～～！」

看到身穿制服朝這裡跑過來的那個男孩子，飛鳥開口喚了一聲：「星空！」

是跟飛鳥一起出現在ＦＴ４演唱會現場的人。

「雖然不知道你們在幹嘛，但也讓我加入吧！」

「「你誰啦！」」

愛藏和勇次郎以凶狠的語氣同時吐嘈。

「咦！你們不記得我哩？會不會太過分啦！很過分耶～真的超級過分的～參加舞蹈集訓的時候，我跟飛鳥是一組的啊。」

星空嘻皮笑臉地這麼說，一旁的飛鳥則是看似疲倦地重重嘆了一口氣。

「星空，你先別過來鬧。我們現在在談很重要的事情。」

「很重要的事情？是什麼、是什麼？在討論要替我舉辦慶祝會嗎？」

「沒人在討論這個。好哩，拜託你安靜一下。」

這時，愛藏「啊！」地大喊一聲。

「你是那時突然旋轉朝我撞過來的那個人！」

「沒錯沒錯～那就是我～！因為我想讓你看看華麗的『閃亮亮特別版星空迴旋』啊！」

星空舉起雙手開心地這麼說。

飛鳥「咦？」地望向星空。

「星空，你做了這種事嗎？什麼時候？」

「在你去走廊上跟前前講電話的時候～！」

「你在幹嘛啊？像小孩子一樣……」

飛鳥雙手抱胸，露出一臉沒好氣的表情。

「這麼說來……」

勇次郎突然以冰冷的眼神望向愛藏。

「你那時也撞到我了對吧？從後面很用力撞上來。」

「不，那是因為我被那傢伙的什麼閃亮亮迴旋撞飛了啊！」

「也不能因為這樣，就牽連到其他人吧？」

「有什麼辦法啊，我也是受害者好嗎？更何況，你還不是突然把礦泉水的瓶子朝我扔過來。」

「吃虧之後要加倍奉還，這不是理所當然的嗎？」

「我被那個瓶子直接砸中臉，差點就流鼻血了耶！」

「你閃開不就好了嗎？」

勇次郎以鼻子哼笑一聲這麼反嗆。

「那個～你們是不是把人家給忘了啊？」

日和戰戰兢兢地試著開口，但這四個人完全沒在聽她說話。

「所以，我回來之後，才會看到你頭昏眼花地倒在地上？我原本還想說你在幹嘛……」

「因為我那時太亢奮，結果就轉得比平常更多圈呢～！」

「星空，你之前在房間裡用這招的時候，把我的馬克杯打破哩對吧？」

「嗯，打破哩……那是你非常珍惜的杯子。」

「這招太危險，所以我有交代你絕不能在人前表演對吧？還要你封印這個招式。」

「因為舞蹈教室很大，我想說應該不會有問題……飛鳥，難道你生氣了？」

星空有些沮喪地偷瞄以雙手扠腰、站在自己面前的飛鳥。

「我是在生氣沒錯。你不是跟我約好會安分守己嗎？結果為什麼又趁我不注意的時候

偷用那招？」

「我知道了……是我不對。我讓你掌嘴吧。可是，你要溫柔一點喔。我很怕痛哩！」

「不用把臉頰朝向我這邊，拜託你反省就好！我說真的！」

在星空被訓斥的時候，一旁的愛藏和勇次郎仍繼續鬥嘴。

「上舞蹈課的時候，你假裝記錯舞步，然後狠狠踩了我的腳對吧？而且還踩得超用力！」

「是你擠過來妨礙我跳舞才對吧！」

「我哪有擠你啊！你果然是故意的！」

「愛藏你還不是用肩膀撞我！」

「是你先這麼做的啊！」

接著，勇次郎狠狠踩了愛藏的腳尖，愛藏則是踹他的腳反擊。

「不要吵架啊～～！」

日和試著從旁阻止，但兩人的爭執卻愈演愈烈。

他們用手使勁捏彼此的臉頰，然後不停互踹。

「把你的手放開……！」

「你才放手啦！」

「從剛認識的時候，我就看你不順眼了！」

「我是從彼此認識之前就看你不順眼！」

「其實我從出生前就看你不順眼了啦！」

「我上輩子就看你不順眼了！」

「我從宇宙誕生前就看你不順眼！」

「啥？你是白痴嗎！」

「咦？等等，為什麼你們倆打起來了啊！」

發現愛藏和勇次郎開始拉拉扯扯後，飛鳥慌慌張張地想要制止他們。

「各位，不要為哩我而打架啊～～！」

「星空，Be quiet！」

飛鳥瞪著星空這麼下令。

「Be quiet？那是什麼意思～～？」

（根本一團亂啊～～！）

狀況混亂得一發不可收拾。

眼前的四個人不停地拉扯彼此、大聲嚷嚷。

片刻後，一陣警車的鳴笛聲傳來。

「警察！」

日和以驚慌失措的嗓音開口，星空則是以雙手捧著臉頰發出「噫噫噫———！」的慘叫聲。

「波麗士大人來哩———！」

看到星空一溜煙地跑掉，飛鳥不禁「啊！」地喊出聲。

「怎……怎……怎麼辦……怎麼辦啊！」

日和完全慌了手腳，只能一臉蒼白地在原地踏步。

（染谷同學又要被抓走哩～～！）

要是演變成這樣，事情可就嚴重了。

（這種情況下，身為經紀人實習生的人家，可得做點什麼才行！）

露出做好覺悟的表情後，日和一把揪起勇次郎的手。

被她拉住的勇次郎疑惑地「……咦？」了一聲。

「對不起——————！」

下一刻，日和拉著勇次郎，卯足全力拔腿就跑。

「啊～真是的，我不管了啦————！」

愛藏也這麼大喊，然後跟著衝了出去。

這四人一瞬間跑得不見人影，只剩下飛鳥獨自留在原地。

「……他們……為什麼要逃跑啊？」

他愣愣地這麼輕喃。

警車的鳴笛聲，和紅色警示燈的光芒一起從廣場外頭疾駛而過。

日和扯著勇次郎的衣袖，衝到一片灌木叢後方，然後蹲低身子躲起來。圍繞在附近的銀杏樹葉片都已經掉光，只剩下光禿禿的枝幹。

「……我說啊，我們幹嘛躲起來？」

聽到勇次郎這麼問，日和有點蠢地「……呃？」了一聲，然後抬起頭望向他。

「因為，要是你又被警察抓走，那就傷腦筋了啊……」

回過神來的時候，她發現方才的警笛聲已經消失了。

看來，警車或許只是剛好從廣場外頭經過罷了。

日和發出「什……什麼啊～～」的哀號，撫著胸口在原地癱坐下來。

先是引發一陣騷動，接著又大驚小怪，自己到底在做什麼呢？

穿著不習慣的鞋子衝刺，讓她的腳跟現在有些刺痛。

在髮廊讓人精心打理過的髮型，現在也變得亂七八糟。

（魔法失效了呢……）

那是愛藏和勇次郎為自己施展的、只有今天能夠變身「女主角」的魔法。但現在——

日和嘆了一口氣，然後脫下腳上的鞋子。

這樣會讓雙腳弄髒，但現在也無所謂了。

「…………抱歉。」

蹲在一旁的勇次郎，以一個沒注意就會忽略的細微嗓音這麼開口。

日和「咦？」地望向他的臉。

「我們……毀了妳告白的機會……」

勇次郎垂著頭這麼說。因為周遭很昏暗，日和看不見他臉上的表情。

不過，他的嗓音聽起來似乎相當沮喪。

日和先是吃驚地眨眨眼，隨後忍不住笑了出來。

「……妳笑什麼啊？」

勇次郎不悅地稍稍抬起頭。

「因為……」

日和輕輕深呼吸，然後望向他。

（真的是……）

她的臉上不自覺露出暖暖的傻笑。

（拿這個人沒辦法哩……）

關於這兩人突然從樹叢後方衝出來，以及跟飛鳥關係很差的原因，日和都一無所知。

不過，她覺得就算現在不追問也無所謂。

或許有一天，他們會主動告訴她吧——

日和以雙手拎著脫下來的鞋子，光著腳啪噠啪噠地踩在地上。

從赤裸的腳底傳來的冰冷觸感讓人覺得很舒服。

走回廣場後，她發現飛鳥獨自一人坐在路燈旁的長椅上。

她原本還以為他一定已經離開了——

日和在原地停下腳步後，飛鳥似乎也發現她的存在而抬起頭來。

他將手機收進口袋裡，從長椅上起身，緩緩朝日和走來。

「……妳怎麼打赤腳？」

他不經意地望向日和的腳下，好奇地歪過頭這麼問。

「啊！這是因為……！」

日和連忙穿上鞋子，同時速速將自己的一頭亂髮整理好。

看著這樣的她，飛鳥瞇起雙眼微笑。

「星空跑到哪裡去了呢……」

跟飛鳥兩人獨處的日和，總有種坐也不是、站也不是的感覺，探頭環顧廣場。

她的視野之中不見星空的身影。等距離並排的路燈透出來的光芒，照亮了整座廣場。

噴水池的噴水系統已經停止運作，平靜的水面倒映出上方的夜空。

「星空他好像去哪裡跑步了。」

飛鳥望向握在手中的手機，苦笑著補上一句：「他到底在幹嘛啊。」

「這樣的話，你去找他會不會比較好呢！」

「噢，應該沒問題……我剛才已經聯絡過他哩。」

飛鳥將手機收進口袋裡，然後轉過來望向日和。

「而且，我有很重要的事要跟妳說……更何況，我剛才也沒能好好聽妳說完話呢。」

聽到飛鳥以溫柔的語氣這麼說，日和的心臟重重跳了一下。

「難道，你是因為……？」

（難道他在等的人不是星空……而是人家？）

一下子緊張起來的日和，下意識以雙手緊緊揪住自己的裙子。

難得飛鳥特地留下來等她了。要開口的話，就得趁現在。這點日和也很清楚。

然而，她只是望著自己的腳下，聽著自己持續加速的心跳聲。

原本想好的台詞，現在一個字都說不出來。

「妳……」

先開口的人是飛鳥。

「之前有寫信給我吧？」

聽到他這麼問，日和像是觸電般地抬起頭。

「你怎麼知道是人家……人家明明忘記寫上自己的名字呢。」

「我從信裡的內容大概猜出來的……因為，提到莎士比亞的人就只有妳而已。而且妳也很常光顧我們的書店。」

（他有好好看完人家寫的信……！）

這樣的話，他想必也明白日和今天在這裡等他的理由吧。

明白她這麼做的理由，還願意留在這裡等她。

光是這樣，就足以讓日和的胸口滿溢欣喜之情。

「你果然……很溫柔呢……」

日和以手背按著變得溫熱的眼角，輕輕笑著這麼說。

「我並沒有妳說的那麼溫柔……」

飛鳥將視線微微往下移，輕聲回應日和的話。

接著，他以相當認真的表情望向日和。

「現在，我有無論如何都想做的事情……不對……應該說是無論如何，都必須做到的事情……所以，我無法接受某個特定對象的心意。」

「嗯……」

「可是，妳的心意讓我非常開心。那封信也是……我是真的這麼想！」

日和以「嗯」輕輕點頭回應。

不需要說對不起。

這是她打從一開始就明白的結果。

他願意真心真意地回應自己——光是這樣，就已經足夠了。

「海堂……人家可以問你想做的事情是什麼嗎？」

「我的目標……跟那兩人一樣。我想跟星空一起邁向那個目標。」

「是指……偶像嗎……？海堂，你的目標是成為偶像？」

日和震驚地問道。

「雖然我還完全不成氣候就是了……」

飛鳥有些難為情地將手撫上後腦杓。

因為這樣，他才會認識ＬＩＰ×ＬＩＰ的兩人，也跟他們一起上過舞蹈課嗎？

這樣一來，日和也能理解他會吸引那麼多女孩子的理由了。

「好厲害啊！人家絕對要當你的粉絲！」

日和以亢奮的語氣這麼表示，雙眼也跟著閃閃發光。

「這樣好嗎？妳是那兩人的經紀人實習生吧？我們是不同事務所的呢。」

「但是，要成為誰的粉絲，是人家的自由啊。」

如果飛鳥和星空出道了，說不定會跟那兩人同台演出。

日和傻笑著喃喃表示：「好想趕快看到這一幕哩～」

光是想像，就令她心跳加速。

「對了，妳……叫什麼名字？」

「咦，你問人家嗎！人家是……涼海……日和！」
日和有些緊張地這麼回答，然後朝飛鳥一鞠躬。
「日和……妳真是個好女孩呢。」
聽到飛鳥這麼說，日和漲紅著一張臉猛搖頭。
「當那兩人的經紀人實習生真是太可惜了。我都想把妳挖角過來哩。」
飛鳥半開玩笑這麼表示。

「你的心情……人家也能明白呢！」
不是為了某個特定對象，而是為了支持自己、需要自己的許許多多的人。
為了實現夢想，傾注自己的一切。
日和也認識這樣的人——

「所以，人家會支持你的！」
日和盡全力展露出最燦爛的笑容。
看著這樣的她，飛鳥的表情也變得柔和。

「……未來的某一天，如果我們舉辦演唱會，妳要來看喔。」

「嗯。人家會去看，絕對會去！」

「我們不會輸給那兩人的。」

「……嗯。」

日和點點頭。飛鳥朝她走近一步。

「謝謝妳。」

聽到這句話的瞬間，感動的情緒漲滿了日和的胸口。她再次回應的「嗯……」，嗓音聽起來微微顫抖著。

（人家才應該跟你說謝謝……）

「再見嘍！」

語畢，日和俐落地轉身，奔跑著離開現場。

絕對不能哭。不需要眼淚。

她這麼說服自己，同時用力將頭抬高。

最後，要露出笑容——

這是讓她如此下定決心的一段「戀愛」。

♪ * ❀ ✿ ♫

離開廣場，踩著坡道上狹窄的階梯往上走之後，日和看到勇次郎淺淺坐在扶手上的身影。

一陣風將夜空中的雲朵吹散，透出淡淡光芒的月亮跟著露臉。

「染谷同學……」

日和輕聲這麼開口呼喚後，勇次郎從扶手上咚一聲跳下來，然後轉身望向她。

在原地停下腳步的日和，緊抿著微微顫抖的雙唇。

接著，她雙腳併攏，對勇次郎行了一個舉手禮。

「涼海日和，在告白後壯烈成仁了！」

笑我是個笨蛋吧。

原本想忍耐到最後，但勉強堆出來的笑容，仍在此刻瓦解。

斗大的淚珠溢出眼眶。

拜託——

（人家明明下定決心絕對不能哭的耶……）

日和垂下頭，止不住的淚水從臉上嘩啦啦滑落。

「……跟他說完話了嗎？」

走到日和身旁這麼問的勇次郎，嗓音聽起來比平常溫柔一些些。

日和點點頭。

勇次郎將手貼上她的臉頰。

日和吃驚地抬起頭，發現勇次郎正用自己的衣袖替她擦去臉上的淚水。

她忍不住用力閉上雙眼，朝後方退開一步。

一道「咯」的聲音傳入耳中。日和悄悄睜開一隻眼睛，看到勇次郎笑出聲來。

「……妳的臉變得有夠誇張。」

「咦！怎樣誇張？」

日和迅速將雙手覆上自己的臉頰。

「騙妳的。」

露出壞心眼的笑容後，勇次郎轉身快步朝前方走去。

日和在原地愣愣眺望著他的背影時，勇次郎再次轉過頭來。

「妳不回去嗎？」

「要……要！人家要回去！」

日和這才回過神來，連忙開口回應。

她輕觸自己的臉頰。雖然還濕濕的，但淚水已經不再湧現。

第一次戀愛，然後在一片手忙腳亂的情況下失戀。簡直是有如喜劇般的一段戀情。

（果然……不需要什麼悲劇呢。）

日和從口袋裡取出那個小花墜飾。

看著這個墜飾，她的臉上便會自然而然浮現笑容。

勇次郎和愛藏正在努力追逐一個巨大的夢想，飛鳥和星空也是。

大家都卯足全力，在「這個當下」往前奔跑。

所以——

（人家也得努力才行哩。）

要是只顧著看旁邊，感覺就會被他們拋下了。

日和將小花墜飾緊緊握在手中，追上走在前方的勇次郎的腳步。

「話說回來……柴崎同學跑到哪裡去了？」

「他可能還在某處拚命逃跑吧？」

望向前方的勇次郎，以一臉樂在其中的表情這麼回答。

「噯～噯～你要跑到哪裡去啊？我已經不行哩……累垮啦！」

跑在愛藏身旁的星空，像是宣告棄權那樣停下腳步。

「我哪知道！是說，你為什麼要跟過來啊！」

愛藏跟著停下腳步，然後緊緊皺眉望向星空。

兩人都跑得上氣不接下氣。

「咦～不要說得這麼無情嘛。我們都已經是這種關係啦，愛藏！」

「你幹嘛直接叫我的名字啊！」

「因為我大你一歲啊。這是學長的特權——！」

星空笑容滿面地舉起一隻手。

「啥！你比我大？」

「因為我比飛鳥大一歲啊～」

「不是吧……」

愛藏露出一臉難以置信的表情。

「所以，你叫我星空大人，或是星空前輩大大都可以喔～！」

「誰要叫啊！」

「開玩笑的、開玩笑的。叫我星空就好哩。不然叫我小莓莓也可以喔～這是特別待遇！」

說著，星空開始在原地踏起舞步，看起來似乎很開心。

「是說，你一開始到底為什麼要逃走啊？」

「咦，因為當下的氣氛？」

聽到星空這麼回答，愛藏無力地垂下雙肩。

（被影響了……！）

「你趕快回去那傢伙身邊啦。他不是在等你嗎？」

語畢，愛藏將雙手插進口袋裡踏出步伐。

「飛鳥沒問題的。他剛才有聯絡我，說他有點事要處理。我回覆他說『我跟愛藏在一

起』～！」

「為什麼啊！」

「因為感覺很有趣啊～噯～噯～你肚子餓不餓？我們吃了拉麵再回去吧。你請客喔。」

來到愛藏身旁的星空以手抵著下巴，露出不懷好意的笑容。

「到底為什麼會變成這樣啊！」

「因為我忘記帶錢包哩～」

「啥？」

「我要豚骨醬油拉麵！叉燒肉還要加倍！」

「你回去找飛鳥，叫他帶你去吃啦！」

「有什麼關係嘛，來辦一場我跟你的雙人交流會啊～～！」

「就算這樣，為什麼我非得請客不可啊！」

「不然～等我出人頭地再還你錢吧！」

「你有要出人頭地的計畫嗎～？」

「包在我身上。我跟飛鳥之後就會成為宇宙級的霹靂無敵超級大偶像！」

星空以拇指和食指抵著下巴，露出自信滿滿的笑容。

「啊～是喔……」

看起來已經精疲力盡的愛藏，忍不住「唉～」地嘆了一口氣。

壞…壞…
壞心眼…！
涼海日和
?
海堂飛鳥

染谷勇次郎

2月22日生
雙魚座　B型
高一　回家社

跟日和同班，
是人氣偶像團體LIP×LIP的成員。
個性冷淡，
有著無法坦率的一面。

heroine 8 ～女主角8～

週末的這天天氣十分晴朗，因此遊樂園裡也擠滿了眾多遊客，相當熱鬧。

今天，「LIP×LIP」在這裡舉辦宣傳活動。

加入花車遊行的兩人，正在發氣球給年幼的孩子們，

因為有不少粉絲也被吸引過來，周遭不時傳來「呀～呀～」的尖叫聲。

被包圍住的愛藏和勇次郎滿面笑容地朝大家揮手。

日和在一段距離外眺望著他們這樣的身影。

她現在穿著熊貓布偶裝，就算有熟人出現在這裡，也沒人會認出她來吧。今天一整天，她都會以這副模樣協助那兩人進行活動。

（之後又會開始變忙了嗎……）

日和茫然地這麼想著，然後抬頭仰望。天空已經完全染上冬季的色彩。

在進入十二月後，即使放晴，迎面吹來的風依舊很冷。

夏季演唱會結束後，眾人暫時從忙亂的生活中解脫，但下一場演唱會隨即又會接著展開。

身為工作人員之一的日和，想必也會為了準備工作而忙碌不堪吧。

「之後，人家要拋下愛情，只為了工作而活！」

日和這麼下定決心，將雙手緊緊握拳。

儘管感覺胸口有些刺痛，她仍強忍住差點湧現的淚水。

這一定就是所謂「失戀的痛楚」吧。

「嗳～嗳～『拋下愛情，只為了工作而活』是什麼意思呀～！」

「大熊貓～大熊貓～」

「我要氣球～！給我紅色的——！」

聚集在日和身邊的孩子們，有些拉扯她的手臂、有些伸長雙手，為了拿氣球而不停跳起。

「哇啊啊，等一下、等一下～～！」

日和手忙腳亂地將氣球交到這些小小的手掌上。

就在這時候──

「呀啊～！」

聽到突然傳來的尖叫聲，日和吃驚地轉頭，然後看到一名戴著口罩的男子將女子撞倒。

男子揣在懷裡的，恐怕是那名女子的包包吧。

他推開旁邊的一對情侶，打算從現場逃跑。

「搶劫！」

日和慌慌張張地環顧周遭。

一旁的保全企圖追上去，卻被觀看花車遊行的遊客擋住去路。

男子朝正在發氣球的勇次郎所在的方向全力衝去。

被粉絲們團團包圍住的勇次郎，似乎對剛才的搶劫事件渾然不覺。

再這樣下去，他會被捲入這場騷動。

（染谷同學！）

日和鬆開手中的氣球，在腦袋開始思考前，身體率先衝了出去。

她穿著布偶裝，卯足全力朝男子追過去。

愛藏早一步發現了朝勇次郎衝過去的男子身影。

「勇次郎，後面！」

聽到愛藏的吶喊聲，勇次郎「咦？」地轉頭。

「閃開！」

男子用力揮手這麼怒吼。

（你這個人～～～！）

日和朝地面一蹬，使力將那名男子狠狠撞開。

日和因為用力過猛而整個人倒在地上，她的腳踝一瞬間閃過一陣刺痛。

被她衝撞的男子也跟著倒在地上。

勇次郎先是吃驚地睜大雙眼，接著因為腳步沒能站穩而一屁股跌坐在地上。

「呀啊～！」

周遭的粉絲們不禁驚聲尖叫起來。

這時，幾名保全和工作人員也終於趕了過來。

（太好了～～趕上了。）

鬆了一口氣的日和搖搖晃晃地起身。

被穿著布偶裝的她壓在身下的搶劫犯男子，就這樣緊抓著搶來的包包暈了過去。

♪ ＊ ✿ ✿ ♫

（嚇了人家一大跳哩……）

返回遊樂園的倉儲區裡頭的休息室後，換下布偶裝的日和在折疊椅上坐下。

此刻，她的心跳仍劇烈不已。

她伸手撫摸自己的腳踝，輕輕吐出一口氣。

她沒有太多時間可以在這裡休息。得馬上回去幫忙才行——

這麼想的時候，休息室的門被人打開，拎著塑膠袋的勇次郎走進來，「磅」一聲關上大門。

「咦……柴崎同學呢？」

「還在發氣球。」

這麼回答後，勇次郎朝日和走近。

（他……看起來好像心情很差耶……）

走到日和面前的勇次郎，先是直直盯著她，接著突然一拳往她的腦門灌下。

「好痛～～！」

日和以雙手按著自己的頭慘叫。

「為……為什麼？」

（人家是不是又搞砸了什麼……）

「妳太亂來了！」

氣沖沖地這麼開口後，勇次郎別過臉去。

（啊……！）

「剛才一時情急就……而且，人家身上又穿著布偶裝嘛！」

這樣的話，應該多少能承受一些衝擊力道——

然而，被勇次郎怒目相視後，日和只能縮起脖子噤聲。

（染谷同學他……果然在生氣？）

「採取行動之前，多少思考一下吧。」

「人家想說當時的情況很危險……」

「既然知道很危險，為什麼還自己去衝撞那個男人？」

「因為……！」

想起勇次郎剛才發氣球的身影，日和沉默下來。

「之前也說過了吧……我不需要妳這樣多管閒事。」

「是因為你身邊有很多年幼的孩子！」

「妳不也被很多小孩子包圍著嗎？」

「人家沒辦法袖手旁觀嘛！眼看那個男人就要溜掉了啊……」

「這算是經紀人實習生的工作嗎？」

「不算，可是……人家覺得保全可能來不及趕過來，所以……」

「因為這樣，就不顧一切地衝出去？妳是白痴嗎？」

勇次郎雙手抱胸，一臉沒好氣地這麼問道。

「反正人家就是不會思考的笨蛋啦！」

「既然明白這一點，就好好反省怎麼樣？」

「染谷同學，你還不是經常亂來一通，但也沒看你反省過啊！」

日和不禁生氣地這麼回嘴，勇次郎「啥？」了一聲，眉心之間擠出來的皺紋也跟著變得更深。

（人……人家說得太過火了～～）

儘管內心這麼想，日和仍不願退讓。

更何況，男性搶劫犯最後被保全逮捕，女性也順利取回自己的包包。

既然結果圓滿收場，她覺得自己應該沒有被責備的理由才是。

「人家沒有做錯什麼事！」

日和猛地從椅子上起身這麼主張。

「不懂事的傢伙！」

「你才是哩！」

「……那就隨妳高興吧！」

暴躁地這麼回應後，勇次郎將手中的塑膠袋扔到桌上。

隨後，他沒有再望向日和，就這樣快步走出休息室。

「不用你說……人家也會隨自己高興啦！」

在大門關上後，日和氣呼呼地這麼自言自語。

這時，罐裝紅茶從遺留在桌上的塑膠袋裡滾了出來。

察覺到這一點的日和朝桌子走近。

和紅茶一起裝在塑膠袋裡的，是一個冰敷袋。

日和拾起冰敷袋，緊抿著唇垂下頭來。

隔週的星期六，日和和其他工作人員陪同兩人前往拍攝新歌的ＭＶ。

到了攝影的空檔休息時間，日和與其他女性工作人員一起把事先準備好的蛋糕和飲料分給眾人。

「大家辛苦了！」

將裝著咖啡的紙杯遞給愛藏後，日和把另一個紙杯遞給勇次郎。

「既然是我們的經紀人實習生，妳好歹要知道我不喝咖啡吧？」

以不悅的嗓音這麼表示後，勇次郎沒有接下日和遞過來的紙杯，直接轉身離去。

（人……人家怎麼會知道這種事啊！）

日和不滿地鼓起腮幫子。

正要將紙杯湊近嘴邊的愛藏詢問：「你們倆發生什麼事了嗎？」

「什麼都沒發生！」

氣憤地這麼回答後，日和將杯中的咖啡一口氣飲盡。

苦澀的滋味，讓她忍不住垂下嘴角。

（……人家忘了自己也不喜歡咖啡呢～～！）

在攝影工作結束後，日和返回事務所時，已經過了晚上八點。

受經紀人內田之託，她一如往常地替兩人採買晚餐，然後騎上腳踏車前往舞蹈教室。

「也不用說得那麼過分吧！」

愈是回想，她愈覺得忿忿不平，踩下踏板的動作也比平常更用力。

來到舞蹈教室後，兩人剛好也進入了休息時間。

日和「磅！」地用力打開休息室的大門入內，正打算換上T恤的愛藏吃驚地「嗚哇！」喊了一聲。

「妳別突然闖進來啦！」

日和無視他的抗議聲，大剌剌地走進裡頭，將沉重的塑膠袋放在桌上。

「這是柴崎同學的豬排三明治跟黑咖啡！」

她一邊這麼說，一邊將塑膠袋裡的三明治和罐裝咖啡拿出來擺在桌上。

「還有染谷同學最喜歡的……可可亞！」

說著，日和拎著裡頭有好幾瓶一公升瓶裝可可亞的塑膠袋，「咚」地放在坐在椅子上看手機的勇次郎面前。

「……啥？」

勇次郎不悅地皺起眉頭。

「打擾了！」

這麼大喊後，日和關上休息室大門離開。

她猛地抬起頭，握緊雙拳表示：「人家才不會輸哩！」

隔週放學後，日和參加了田徑社的練習活動。

高三的學姊們已經退隱，所以現在只剩下高一高二生。

測量完跑百米和跨欄賽跑的成績後，日和移動到操場的角落。

拿起擱在包包上的毛巾後，她望向自己隱隱刺痛的腳踝。

「日和。」

在高二生的測量作業也告一段落後，雛來到日和身旁。

「瀨戶口學姊！」

日和將刺痛的那隻腳稍稍往後，堆出笑容回應雛的呼喚。

「妳感覺狀況不太好呢……沒事吧？」

雛一臉擔心地望著她這麼說。

「人家的腳踝好像稍微扭到了……不過不要緊的！」

「咦咦！怎麼會不要緊呢。要是惡化可就不好了呀。真是的～這種事妳怎麼不早說呢！」

雛將雙手扠在腰上，露出有些生氣的表情。

「對不起……因為我以為已經痊癒了……」

「妳昨天也參加長跑了吧？妳今天就先回去，然後去醫院好好檢查一下！」

「可……可是……大家都還在練習呢……人家想至少在旁邊觀摩！」

「這是學姊的命令！」

聽到雛強硬的語氣，日和端正站姿以「是！」回應。

「我會幫妳跟顧問老師說一聲。來，這是社團教室的鑰匙。」

待雛離開後，日和看著她交給自己的鑰匙，忍不住沮喪地垂下雙肩。

（人家又給其他人添麻煩了啊……）

將毛巾收起來之後，日和拎起包包，垂頭喪氣地走在操場一角。

不自覺地抬起頭來的時候，勇次郎的身影映入她的視野。他正在走向學校大門的途中。

原本停下腳步望向日和的他，下個瞬間隨即別過臉去，繼續邁開步伐。

「拜拜，勇次郎～！」

聽到其他女孩子向自己道別，勇次郎露出一如往常的笑容揮手回應對方。

日和獨自一人返回社團教室換衣服。

將脫下來的運動服塞進包包裡時，她瞥見了從口袋裡露出來的、尚未開封的冰敷袋。

她停下收拾的動作，拾起那個冰敷袋緊緊握在手中。

（都被他看到了嗎……）

不管是跑百米還是跨欄賽跑，她今天的成績都差強人意。

「……妳在搞什麼啊？」

她總覺得勇次郎會一臉沒好氣地這麼說——

隔天的午休時間，來到頂樓後，日和發現愛藏倚在圍籬上看手機的身影。

雲層偏厚的這天，吹來的風也冷得刺骨，但比起在教室裡被女孩子團團包圍，待在這裡或許更能讓他靜下心來吧。

日和來到愛藏身旁，和他一樣倚在圍籬上。但愛藏的視線仍未離開手機螢幕。

「…………或許……真的是人家不對呢……」

「抱歉……」日和垂下頭，以沮喪的語氣開口道歉。

「……既然這麼想，就直接去跟那傢伙說啊。」

嘆了一口氣之後，愛藏終於將視線移向日和身上。

一陣風將兩人西裝外套的下襬吹得啪噠啪噠作響。

「可是……他絕對還在生氣……」

「沒這回事啦。」

「……你為什麼知道？」

原本直盯著自己腳上那雙室內鞋的日和，抬起頭來望向愛藏這麼問道。

「那傢伙不是這種人。」

「……你明明一天到晚跟他吵架。」

「好啦，妳快去吧。」

微微皺起眉頭後，愛藏再次將視線移回手機螢幕上。

「…………你陪人家去～～」

日和揪著愛藏的外套衣角這麼央求。

「啥！為什麼我得陪妳去啊？是妳自己先跟他吵起來的吧！」

「是這樣沒錯啦～～」

要是看到勇次郎以冷淡的表情對她說「可以不要再靠近我了嗎？」，日和絕對會大受打擊。

「妳是經紀人實習生吧！」

「人……人家……人家是啊！」

為了籌備下一場演唱會，之後又得開始過著忙碌的生活。

然而，倘若兩人之間的尷尬氣氛持續下去，恐怕會影響到工作。

「那妳就自己想辦法做點什麼啊。」

日和以「嗯……」點點頭，將雙手緊緊握拳。

「人……人家現在就去做點什麼！」

聽到日和這麼說，愛藏「呵」地輕笑一聲，朝她的背拍了一下。

這時，通往頂樓的大門突然被人打開，從入口處現身的女孩們大喊：「啊～原來你在這種地方！」

愛藏和日和嚇了一大跳，連忙拉開距離。

「咦，你怎麼會跟涼海同學在一起？」

聽到女孩們這麼問，愛藏不禁有些慌張地「咦！」了一聲。

「不……我沒有跟她在一起啊。我剛剛都是一個人待在這裡呢。」

這時，日和迅速在花圃旁蹲下，自言自語地讚嘆：「三色堇開得真漂亮哩～」這行為相必相當不自然吧。為了含糊帶過，她又「啊哈哈……」地乾笑了幾聲。

「什麼啊～原來涼海同學是園藝社的成員呀。」

「對了，愛藏同學，明智老師在找你喔～」

「咦？為什麼？」

愛藏將手機塞進褲子口袋裡，跟著女孩們一起朝大門走去。

「你是不是做了什麼讓老師生氣的事呀～？」

「我才沒有咧。」

在完全聽不到愛藏和女孩子們開心談笑的聲音後，日和才終於放心地吐出一口氣。

接著，她望向花朵小巧可愛、有藍紫色，也有紫紅色的那些三色堇。

這塊位於屋頂的花圃，是由園藝社的雛和虎太朗負責照顧。

（對不起，瀨戶口學姊～～！）

雖說是一時逼不得已，但佯裝自己是園藝社成員，還是讓日和有點愧疚。

她輕喃「為了聊表心意，至少幫忙拔個草吧……」，然後將枯萎的雜草拔除。

♪ ＊ ✿ ✿ ♫

返回校舍後，日和在走廊上尋找勇次郎的身影。

校內廣播持續播放著，學生們也不斷從教室進進出出。

（染谷同學……每次到了下課時間，他總是馬上不見人影。）

沒有跟愛藏一起待在頂樓的話，他大概就是獨自一人在哪裡打發時間吧。

（既然這樣……）

日和走上階梯，在寂靜的走廊上啪噠啪噠地奔跑。

她的目的地是位於走廊一角的音樂教室。

悄悄打開音樂教室的大門後，鋼琴演奏聲從裡頭傳來。

他果然在這裡——日和略微緊張地踏進教室裡。

坐在三角鋼琴前方的勇次郎，儘管應該已經察覺到開門聲，卻沒有轉頭望向日和，只是帶著一臉無趣的表情，有一搭沒一搭地彈著鋼琴。

琴聲戛然而止。

「……幹嘛？」

「啊……呃……」

杵在入口大門旁的日和，有些猶豫地垂下視線。

（人家……得好好向他道歉才行！）

或許已經不想再彈琴了吧，勇次郎闔上鍵盤蓋，從鋼琴前方起身。

日和走到他身旁，猛地朝他遞出自己藏在身後的利樂包飲料。那是勇次郎常喝的可可亞。

「對不起！」

她像是豁出去似的這麼開口，然後小小聲地表示：「是……人家不對……」

明明打從一開始，她就知道勇次郎是在擔心自己。

「……還有……謝謝你…………」

又補上這一句之後，日和緩緩將視線移向勇次郎身上。

他依舊不發一語。

（他果然……還在生氣……）

日和緊閉雙眼垂下頭。隨後，她手中的利樂包咻地被抽走。

感受到對方以利樂包輕敲她的頭之後，日和睜開一隻眼睛。

看見勇次郎瞇起雙眼、彷彿在說「真拿妳這傢伙沒辦法」的笑容，她的心臟突然重重跳了一下。

勇次郎拿著可可亞的利樂包，就這樣步出音樂教室。

（咦……咦……？）

日和不禁伸手輕觸自己瞬間發燙的臉頰。

不知為何，他好像比平常更——

「多心了，是人家多心！」

這麼自言自語後，她拔腿跟上勇次郎的腳步。

MILK COCOA

從今天開始。

heroine 9 ～女主角6～
「成為女主角吧。」

＊heroine α～女主角α～

這個星期天的下午，日和奮力踩著腳踏車趕往市內的某間攝影棚。因為上午前去參加社團活動，她現在仍是一身制服打扮。

（攝影是不是已經開始了呢……）

打開入口大門踏進裡頭後，日和與忙碌奔走的工作人員們一一打招呼。儘管已經事先告知自己會遲到，但真的晚到，還是讓她有些尷尬。

在日和東張西望地尋找經紀人內田的身影時，一名工作人員指著她大喊：「啊，她來了！」

「日和妹妹來嘍～！」

「快點，攝影已經延遲了呢！」

工作人員們一邊這麼吶喊，一邊帶著驚人的氣勢朝她衝過來。

「咦？咦？怎……怎麼了？」

正當日和不知所措的時候，她的手被工作人員一把揪住。

她就這樣一頭霧水地在走廊上被拉著跑。

隨後，對方將她拖進一間上頭寫著「相關人員休息室」的房間裡。

「等一下，這孩子的頭髮怎麼亂成這樣呀！」

看到被帶進房裡的日和，女性造型師吃驚地挑眉問道。

日和戰戰兢兢地以「因為人家剛剛參加完社團活動……」回答她。

（人家……做了什麼不該做的事情嗎？）

在上午的社團活動時間，日和參加了長跑，接著又騎了三十分鐘的腳踏車趕來這裡。

因此，早上出門前梳理好的頭髮，現在也變得蓬亂不已。

被逼著在梳妝台前方的椅子坐下後，女性工作人員們隨即聚集過來。

「真是的～！到底是用哪款洗髮精，才會讓頭髮變成這樣呀！」

頭髮被用力拉扯的日和，忍不住發出「嗚嘎啊！」的驚叫聲。

「電棒捲～！」

女性造型師以大支的梳子用力梳開日和的髮絲，同時這麼高聲吶喊。

在這段期間，其他女性工作人員七手八腳地在她臉上抹上神祕的液體。

流淌下來的液體滲進眼睛裡，讓日和不禁眨了眨眼。

（眼睛好痛——！）

「衣服呢～？」

「已經準備好了～！」

「把假髮拿來～！」

這類吶喊聲在日和身邊此起彼落。

這樣的事態發展，應該不包含在今天的工作內容裡頭才對。

依照昨天開會討論的結果，她理應只要一如往常地協助其他工作人員就好。

（為什麼……會變成這樣………！）

正想伸手揉被不明液體刺激到快要流淚的眼睛時，幫日和化妝的女性發出「呀～！」的慘叫聲，然後及時揪住她的手制止。

「禁止觸碰！」

「日和妹妹OK了！」

從休息室被推出來的日和，因為腳上穿著不習慣的高跟鞋，差點因為重心不穩而「哇！」一聲跌倒。在踉蹌的同時，她狠狠踩住了自己的裙襬。

這是一襲別上玫瑰裝飾的鮮紅色禮服。

燙捲的假髮上也戴著相同色系的玫瑰髮飾。

在休息室裡照鏡子時，日和覺得自己簡直判若兩人。

就算看到現在的她，大概也沒有人會認出她就是日和吧。

根據工作人員們的說法，負責擔任女主角的少女偶像，因為身體不適而無法參與今天

的攝影工作。因此，大家決定臨時找體型跟她相仿的日和代打。

在大門外頭等待她的，是經紀人內田。

像是品管人員那樣將日和從頭到腳審視一番後，她看似滿足地點點頭表示：「比我想像的更不賴呢。」

「那個……人家……還是……沒辦法！」

這麼表示後，日和打算轉身返回休息室，卻被一把揪住肩頭。

「沒問題的，反正只有妳的背影會入鏡而已！」

「可……可是，這是人家第一次參與攝影，所以什麼都不懂……！」

「報酬會翻倍喔？」

（報……報酬！）

日和帶著一臉認真的表情轉過來望向經紀人內田。

這樣的話，就是另外一回事了。畢竟，這個月以來，她每天都只能吃生雞蛋拌飯度日。

（這也是為了買肉！）

日和回想起貼著閃亮亮半價標籤的超市盒裝肉，將雙手緊緊握拳。

「人……人家會加油的！」

「很好，那就上吧！」

經紀人內田拍了拍日和的肩頭，對她燦笑。

♪ ＊ ✿ ✿ ♫

今天要拍攝的，是冰淇淋廣告所需要的照片。據說是要用來製作宣傳香草冰淇淋和巧克力冰淇淋的海報。

在工作人員催促下，日和朝攝影棚走去。

（反正，那兩個人應該也認不出人家吧。）

什麼都不用做，只要像假人一樣站著不動就好。

一如經紀人內田所言，日和只需要背影入鏡。

因為主角是那兩人，真要說的話，她其實比較像是「附屬品」。

踏進攝影棚之後，可以看到許多工作人員忙碌地來來去去。

緊張不已的日和將手撫上自己的胸口，然後深呼吸。

（絕對……沒問題的。）

發現在器材旁跟工作人員交談的兩人後，日和瞬間心頭一驚，同時停下腳步。

勇次郎身穿成套的白衣白褲，愛藏則是成套的黑衣黑褲。兩人都繫上了金色的領帶。

基於這款冰淇淋是配合情人節推出的產品，兩人的穿著打扮比平常更來得成熟。

（唔……唔哇啊……）

日和垂著頭踏出腳步。

她走路的模樣僵硬得很不自然。

換作是平常，就算看到正在進行攝影工作的兩人，她頂多也只會湧現「好厲害喔～」的感想而已。

但今天，她卻覺得心臟快要從胸口迸出來了。

日和無法和那兩人對上視線，直接從他們的面前走過。

下一刻，她「咚」地用力撞上牆壁，忍不住喊了一聲：「好痛！」

「啊啊！小妹妹，這邊、這邊！」

這時，工作人員過來將日和拉走。

「準備就緒了～！」

在這樣的吶喊聲之後，工作人員們也陸續各就各位。

（人家還沒做好心理準備哩～～！）

被帶到兩人面前的日和，僵硬不已地直直盯自己的腳下。

她感受著兩人注視自己的視線，遲遲無法抬起頭來。

（拜託……拜託千萬不要認出人家……！）

畢竟是那兩個人。要是他們發現眼前的人就是日和——

『啥？妳這身打扮是怎樣？妳在幹嘛？來參加扮裝大會嗎？萬聖節早就過了耶。』

『妳現在是扮成番茄嗎～～』

日和以雙手緊揪著自己的禮服裙子，身體也微微顫抖。

（他們……絕對……絕對會這麼說～～！）

兩人什麼都沒有說，也沒有主動向她攀談。

「先從愛藏的部分開始拍嗎～？」

「好的～」

愛藏這麼回應，然後伸手用力將日和推向前。

日和踉蹌地前進幾步後，又整個人被轉向後方。

背對著已經架設好的攝影機站立，讓她手足無措地在原地小踏步起來。

她緊張得全身硬梆梆。

「要開始拍嘍～！」

這樣的告知聲，讓日和的雙肩微微一震。

她不安地想要離開現場，結果被愛藏一把揪住手臂，彷彿是在警告她「不准逃」。

「…………別大聲嚷嚷喔。」

他這樣的輕喃，讓日和「咦？」地不解抬起頭。

下一刻，被愛藏從背後環過的手擁入懷裡，她連忙將差點迸出來的驚叫聲吞回肚裡。

（哇……哇啊啊～～～！救命啊～～～！）

日和在內心竭盡所能這麼大叫。

攝影時間只有短短的五分鐘。

跟愛藏拍完之後，緊接著還要跟勇次郎拍。

日和站在攝影器材前方，將雙手緊緊握拳。

（這也是人家的工作……是為了買肉……！）

而且，跟愛藏拍完照後，她總覺得自己也稍微習慣現場的氛圍了——應該。

接下來一定沒問題。日和這麼想著，然後深吸一口氣。

（只要專心數羊，很快就會結束哩！）

背對著攝影機忐忑不安地等待片刻後，勇次郎來到了她的身旁。

別在他的白色上衣胸前的那朵純白玫瑰花，現在近在眼前。

這兩人都是日和認識的人，所以反而讓她更緊張。

（只要把對方當成假人……）

發現勇次郎的臉比想像中更要靠近時，日和慌慌張張地移開視線。

（假……假人…………）

日和的臉頰開始迅速升溫，心跳聲也變得清晰無比。

（這種事人家怎麼做得到嘛～～！）

不管怎麼看，眼前這個人，都是她所認識的染谷勇次郎。

可以的話，她真想用雙手遮住自己紅通通的臉，偏偏現在又沒辦法亂動。

只有自己的背影會入鏡，或許算是幸運了吧。

勇次郎依照攝影師的指示，以手環住日和的背。

莫名感到呼吸困難的日和，最後選擇緊緊閉上雙眼。

根本沒有餘力數羊的她，只能停止呼吸，一動也不動地站著。

終於撐到攝影結束時，即使勇次郎已經鬆開手，日和的雙腿仍微微打顫，無法馬上離開原地。

「辛苦了。」

聽到勇次郎輕聲這麼說，日和有種瞬間清醒過來的感覺。

下一刻，勇次郎已經離開她身邊，帶著笑容和前來搭話的工作人員交談。

（只有人家在窮緊張而已嗎……）

日和深呼吸，讓緊繃的雙肩放鬆。

總覺得好像有那麼一點不甘心——

過了五分鐘後，日和再次被拉回攝影機的前方。

她原本以為攝影工作已經結束，因此鬆了一口氣，結果現在換成三個人一起拍照。

（這次人家絕不會緊張了！）

鼓起幹勁在原地待命時，愛藏和勇次郎來到她的身邊。

「等今天的工作結束……人家絕對要繞去吃可麗餅之後再回家！」

這麼自言自語後，日和猛地抬起頭。

愛藏和勇次郎走到她的兩側站立。

「……妳這身打扮是怎樣？來參加扮裝大會嗎？萬聖節早就過了耶。」

「是扮成番茄吧。」

望著攝影機的兩人悄聲開口。

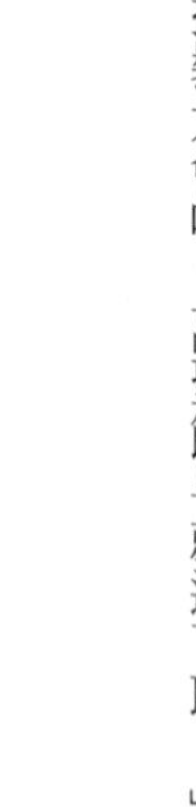

日和「咦！」地望向一旁。

勇次郎輕笑，接著將手攬上她的腰。

被兩人稍稍使力擁住後，日和不禁發出「哼喵！」的怪聲。

愛藏和勇次郎「噗！」地笑出聲，但在下一刻，隨即又露出認真的專業表情。

「好，ＯＫ。結束了～！」

攝影師這麼說的同時，兩人也放開擁著日和的手。

「你們怎麼知道是人家……！」

日和輪流望向愛藏和勇次郎的臉這麼問。

「妳啊～還真以為我們不會發現嗎？」

「是說，妳未免也緊張過頭了吧……妳憋氣了幾秒？臉都漲得像河豚一樣了呢。」

或許是回想起日和方才的表現吧，兩人以手掩嘴咯咯笑起來。

（人家……人家可是強忍著羞恥，努力撐到現在耶……）

日和不滿地鼓起腮幫子，整個人也氣得微微發抖。

「你們兩個……果然就只會說些壞心眼的話——！」

♪ * ✿ ✿ ♫

在攝影工作結束後，約莫過了一個星期的某天。

打工完的日和繞到事務所，發現其他工作人員全都有事外出，只剩下負責處理庶務的女性職員。

「辛苦了。這是老樣子的工作日誌！」

「辛苦了。啊！對了，日和妹妹……」

接下工作日誌後，女性職員將放在辦公桌旁的一本相簿遞給日和。

「這是你們之前拍的照片。是攝影師寄來的。」

「人家可以看嗎？」

「連那兩人都還沒看過成品喲～」

（是嗎？照片……已經洗出來了啊。）

雖說只有背影，但好歹也是自己有入鏡的照片。她不可能不在意。

日和懷著幾分緊張的心情緩緩翻開相簿。

瞥見照片的瞬間，她忍不住「啪！」一聲將相簿闔起。

日和以雙手夾住相簿，抵上自己逐漸發紅的臉頰。

（這個………人家沒辦法～～！）

女性職員轉過來望向日和，呵呵笑了兩聲。

「很帥氣吧？」

聽到她這麼問，日和輕輕點頭。

為了好好看清楚照片，她再次戰戰兢兢地翻開相簿。

左邊是和愛藏的合照、右邊則是和勇次郎的合照。

望向鏡頭的兩人，同樣將手臂環過日和的背。

他們臉上的表情，和面對女孩子時的溫柔笑臉不同。

是讓人怦然心動的認真眼神——

在攝影當下，光是站在原地就耗盡日和所有的力氣，她根本沒有餘力去注意這兩人露出了什麼樣的表情。

平常的他們老愛說些壞心眼的話，也會擺出很可怕的表情。

即使知道兩人這樣的一面，看著這些照片，日和仍忍不住心跳加速。

（他們兩個真的很帥氣呢～）

日和可以明白那些女性粉絲為何會對這兩人如此著迷。

（偶像真的是很了不起的存在哩……）

「可是……我比較喜歡這邊這張照片喲。」

女性職員這麼說，然後拾起一張正面朝下的照片。

那是一張L尺寸的普通照片。

（還有其他照片嗎……）

日和將手上的相簿還給女性職員，接過她所說的那張照片。

將正面朝下的那張照片翻過來一看，映入眼簾的是三人的合照。

「這是……」

日和忍不住輕聲開口。

這是攝影工作結束後拍的照片。

「辛苦了。」

兩人這麼說，然後將手擱在日和的頭上。

日和被他們用手胡亂搓揉頭髮，因為慌張而哇哇大叫。這張照片捕捉了這樣的一刻。

攝影師是在什麼時候按下快門的呢？

站在日和兩側的愛藏和勇次郎，臉上都帶著笑容。

那不是工作用的笑容，也不是在學校時那種為了維持形象的笑容。

在照片中笑開懷的，是自然不做作、和日和同樣是高中生的兩個男孩子。

「雖然這張照片無法對外公開……但因為拍得很好，攝影師就一起送過來了。」

「請問……！這張照片……可不可以給人家呢？」

聽到日和這麼問，女性職員朝她微笑。

「可以呀。攝影師好像也是因為這樣，才特別附上這張照片呢。」

說著，她將食指抵上唇瓣，朝日和眨了眨眼。

「要對那兩人保密喲。」

「好的！」

日和露出笑容這麼回應，以雙手將那張照片小心翼翼地按在胸口上。

這張照片——

想必會變成三人無法遺忘、珍貴不已的寶物吧。

epilogue～終曲～

在接近年底的這天，日和將一個紙箱扛進房間裡。這是老家剛寄過來的東西。

將紙箱擱在地上打開後，裡頭裝著白米、年糕，還有一件和服跟成套的腰帶。日和將裡頭的東西一一拿出來，然後以手機撥打電話回老家。

「喂，媽？嗯……人家過得很好。人家剛收到你們寄來的東西了。裡面怎麼會有和服？」

『噢，妳說和服呀？那是奶奶交代要寄給妳的。妳今年過年不會回來對吧？所以，奶奶特別幫妳做了一套新的和服呢～』

「咦咦！人家是很開心啦……」

『那麼，妳可要向奶奶好好道謝喲。』

epilogue

～終曲～

結束通話後，日和「唉～」地嘆了一口氣，望向從紙箱裡拿出來的和服。

那是一件梅花圖案的可愛和服。還有用來搭配的草鞋、長襯衣和羽織外套。

日和有跟祖母學過穿和服的方法，所以一個人穿沒有問題，不過，她目前並沒有穿上和服外出的計畫。

「新年參拜啊……」

大型神社想必會人山人海吧。因為這樣，日和原本打算到住處附近的神社簡單參拜一下就好。不過——

看著奶奶特地寄給她的這襲和服，讓她湧現了想穿起來給別人看的想法。

「好！」思考片刻後，日和從原地起身。

她拿起手機發送了一則訊息出去。

將空紙箱收拾完畢後，她開始打掃房間。

接著，她泡了一杯紅茶，然後開始看電視，但遲遲沒有收到回覆的訊息。

明明都顯示為已讀，然而，這兩人似乎不打算理睬她。

（果然啊……）

那兩人不可能會回應她一起去新年參拜的邀約。

即使本人不在眼前，日和也能想像出他們在看過訊息後，帶著一臉嫌麻煩的表情，將手機拋到一旁。

「無所謂。人家就一個人去……！」

日和以有些彆扭的語氣這麼自言自語。

除夕夜這晚，日和在倒數的撞鐘儀式開始前步出家門，準備前往神社。

她抬頭仰望夜空，一點一點落下的雪片，將柏油路面染上半透明的白色。

「這裡不太下雪啊……」

聽說老家那邊已經積起了厚厚的雪。

雖然不太下雪，但東京依舊很冷。她的雙手沒多久就被凍到指尖發麻。

日和呼出白色的氣息，拎著與和服成套的小束口袋繼續前進。

epilogue
～終曲～

通往神社的道路兩旁，有許多路邊攤並排著。攤位上的大紅色燈籠透出來的光芒照亮了路面。

穿著和服的情侶或帶著小孩的父母等住在附近的居民，已經開始陸陸續續湧入這裡。

沿著石子階梯往上走之後，可以看到神社境內的廣場正中央設置了營火。飛散的火星乘著風不停往夜空攀升。

許多人圍繞在營火周遭，一邊烘烤自己的雙手，一邊和身旁的人有說有笑。

「咦，妳是瀨戶口同學的學妹……？」

聽到有人這麼搭話，日和「咦？」地轉過頭。

柴健從販賣護身符等物品的授予所裡頭探出頭望向她。

跟他在一起的，則是在體育祭時採訪了日和的校刊社學長山本幸大。

「學長！」

日和吃驚地望向兩人。他們都是白色上衣加上藍色日式褲裙的打扮。

「你們是來神社幫忙的嗎？」

「嗯～差不多。呃～我記得妳叫做日和來著？」

「是的，我是涼海日和！我平常總是受到瀨戶口學姊諸多照顧！」

說著，日和朝兩人一鞠躬。

「瀨戶口同學也有來喔。」

「我想，她應該待在那附近吧。」幸大這麼告訴日和。

「瀨戶口學姊也是來幫忙的嗎？」

「啊，不，來幫忙的只有我們兩個。那兩人是來參拜的。」

「那兩人……？」

日和東張西望地尋找雛的身影。

最後，她在神社事務所旁邊的帳棚底下，瞥見雛和虎太朗在裡頭喝著甜酒的身影。

坐在椅子上的他們，看起來有說有笑。

（哇啊……他們好相配喔……）

「妳可以過去跟他們說幾句話啊。」

聽到幸大這麼說，日和以傻笑敷衍帶過。

epilogue ～終曲～

現在過去搭話的話，總覺得好像會打擾到那兩人。

「日和，妳是一個人來？還是在等誰？」

柴健單手托腮這麼問道。

「咦？啊，人家是一個人來……」

「咦～？太可惜了吧～妳都打扮得這麼可愛了呢。」

「謝……謝謝你！」

（柴健學長感覺跟柴崎同學有點像，可是……個性卻截然不同呢～）

「那麼，要跟我一起去吃蘋果糖嗎？」

看到柴健嘻皮笑臉地向日和提出邀請，一旁的幸大露出一臉無言的表情。

「咦！」

「難得都來了啊。跟幸大兩個人待在這裡，我也覺得膩……」

話還沒說完，察覺到有人來到自己身後的柴健，帶著笑容在原地定格。

站在後方俯視他的，是身穿巫女裝的亞里紗。

「你又拋下工作不管，開口跟女孩子搭訕了嗎……」

「咦～～？妳在……說什麼啊？」

「真的是一刻都不能掉以輕心！」

說著，亞里紗狠狠揪住柴健的衣領，就這樣將他拖走。

在兩人離開後，授予所後方的和室拉門跟著「啪！」一聲關上。

「高見澤學姊也來神社幫忙呀？」

目睹這一幕的日和愣愣地開口。

「這間神社就是高見澤同學家喔。」

聽到幸大的說明，日和「啊！」地恍然大悟。怪不得那身巫女服打扮那麼適合她。

「學長，你們是被高見澤學姊找來幫忙的嗎？」

「我是被親戚的叔叔拜託過來幫忙。柴健的話……我就不知道了。」

幸大一邊忙著補充檯面上的護身符，一邊歪過頭這麼回答。

「這樣啊……」

「找到了！」

epilogue
～終曲～

感受到有人用力拉扯自己的羽織外套衣領，日和不禁「哇！」地喊出聲。出現在她身後的，是用帽子和口罩遮住臉的愛藏。

「柴……柴崎同學！」

「咦……你們是約好在這裡碰面嗎？」

聽到幸大這麼問，日和與愛藏瞬間心驚了一下。

「咦！不是這樣！真……真巧呢，柴崎同學！」

「咦！噢……對……對啊～……真的好巧喔，涼海同學。」

語畢，日和與愛藏一起發出「啊哈哈哈……」的乾笑。

離開授予所之後，愛藏揪住日和的衣袖。

因為他走路的速度很快，日和被迫小跑步跟上他的腳步。

「你怎麼會在這裡？」

環顧周遭人群的動靜後，日和壓低嗓音這麼問。

這時，愛藏才終於停下腳步，以手指拉下自己的口罩。

「主動邀約別人的是妳吧！」

雖然語氣帶著怒意，但因為顧慮到周遭的遊客，愛藏也把音量壓低。

「是這樣沒錯啦……」

（但人家沒想到你會赴約嘛……）

這時，愛藏有些鼓鼓的大衣裡頭，似乎有什麼東西在亂竄。

「啊，你這傢伙，給我安分點啦！」

他有些慌張地按住自己的大衣。

下一刻，一隻黑貓從他的衣領探出頭來。

這樣的光景，瞬間讓日和的雙眼閃閃發亮起來。

（好……好可愛！）

「柴崎同學，這是你養的貓？」

「不是我養的啦。」

黑貓抬頭望向日和，以惹人憐愛的聲音「喵～」了一聲，彷彿是在跟她打招呼似的。

「因為這傢伙的飼主把牠丟在家裡，自顧自地出門了，所以……」

愛藏皺起眉頭輕聲這麼說。

「我是說真的啦～！我的心裡就只有亞里紗一個人！我不會對其他女孩子移情別戀的～」

嘻皮笑臉跟在亞里紗身後的柴健說話的聲音，讓愛藏的雙肩狠狠一顫。

愛藏猛地轉頭，在看到那兩人後，又連忙別過臉去。

「那傢伙在幹嘛啊……！」

他不禁以苦澀的語氣這麼叨唸。

「咦？那傢伙？」

「沒事啦……呃，啊！喂！」

原本被愛藏擁在懷裡的黑貓，發出開心的鳴叫聲後，輕快地一躍而下。

然後一溜煙地朝柴健所在的方向跑過去。

「咦，小黑……你怎麼會在這裡？」

發現黑貓的身影後，柴健蹲下來將牠抱起。

「你把牠帶過來了？」

聽到亞里紗這麼問，柴健不解地歪頭表示：「沒有啊……？」

「牠應該待在家裡才對。你是偷溜出來的嗎～？」

黑貓在柴健懷裡窩成一團，舒服地不停發出呼嚕呼嚕的聲音。

重新將黑貓抱好後，柴健「嗯？」地轉過頭來。

「糟糕……快走吧！」

愛藏將頭上的帽子壓低，快步朝階梯的方向走去。

「咦！可是，你的貓──」

「別管了啦！」

被愛藏扯著衣袖的日和，就這樣跟著他一起跑下神社的階梯。

穿越各式路邊攤並排的通路後，兩人才終於「呼～」地重重吐氣。

「對了，染谷同學呢？你們不是一起來……」

「那傢伙不會來啦。」

愛藏將雙手插進大衣口袋，放慢速度再次踏出步伐。

「這樣啊。那他是跟家人一起過嘍。」

「我覺得……應該不是『一起過』這種感覺吧。」

聽到愛藏輕聲這麼說，日和「咦？」地望向他的背影。

前來參拜的親子遊客，從兩人身旁開開心心地朝神社走去。

「所以……」

愛藏轉頭望向日和，露出一個壞心眼的笑容。

「我們去把他帶出來吧。」

愛藏和日和躲在電線桿後方，探出頭窺探前方的情況。

這棟古色古香的日式宅邸外頭，停著許多輛轎車。

（是這裡～～～？）

因為過度震驚，日和幾乎要雙腿發軟。

圍繞著屋舍的外牆，無邊無際地朝遠方延伸出去，讓人無從判斷這棟宅邸的規模究竟有多大。

身穿成套和服和西裝的成年人們，站在敞開的正門外頭問候彼此。

有的人坐上轎車離開，有的人則是才剛抵達，在步下轎車後朝宅邸內部走去。

「這裡……真的是……染谷同學……他家？」

「看外頭的門牌就知道了吧。」

的確，在大門一旁，可以看到以優美字跡寫著「染谷」兩個字的門牌。

「染谷同學他家……是做什麼的啊！」

「妳安靜點啦！會被發現的！」

愛藏低聲怒吼，然後以一隻手掩住日和的嘴巴。

接著，他以另一隻手掏出手機撥打電話。大概是打給勇次郎吧。

靜待片刻後，另一頭仍沒有人接起電話。

「他現在是不是很忙啊……？」

「反正一定是自己窩在房間裡啦。」

愛藏切斷通話，將手機塞回大衣口袋裡。

「要怎麼辦？」

「有這麼多人在門口進進出出，就算混進去，也不會被發現。」

「咦咦！」

待大門外頭的人群散去後，愛藏便拔腿衝了出去。

「啊！等一下～～」

日和慌慌張張跟上他的腳步。

♪ ＊ ✿ ✿ ♫

後方的房間或許正在舉辦宴會吧，在院子裡也能聽到熱鬧嘈雜的人聲。

大池塘的水面倒映出從房間和走廊透出來的燈光。

這是個種著松樹和楓樹的寬廣庭院。

（好大的房子喔……）

在日和環顧整片庭院時，愛藏扯著她的衣袖表示：「這邊！」

「柴崎同學，你知道染谷同學的房間在哪裡嗎？」

「我之前有來過一次，所以知道……大概。」

聽到連接房舍的走廊上傳來腳步聲，兩人嚇得連忙躲到庭院裡的大石頭後方。

兩名端著啤酒杯和餐點的女性從走廊上經過。

「哎呀，剛剛院子裡是不是有人？」

「咦？是喝醉的客人嗎？」

這樣的交談聲傳來。

「喵……喵～」

～終曲～

「什麼呀，原來是貓。最近常常有貓跑到院子裡來呢……」

兩名女性的對話和腳步聲慢慢遠離。

躲在大石頭後方的日和，以雙手掩著自己的嘴巴，拚命壓抑想要笑出聲的衝動。

「不准笑！」

蹲在一旁的愛藏，漲紅著臉狠狠瞪著她這麼說。

「因……因為～～！」

日和拭去眼角的淚水，就這樣笑了好一會兒。

穿越中庭後，兩人來到一棟以走廊和本館相連的別館。

這裡看不到進進出出的人，跟熱鬧的本館相較之下，顯得靜謐許多。

「是這裡……？」

日和抬頭仰望透出燈光的二樓房間。

「妳在這邊等著。」

語畢，愛藏踩著大樹的樹幹往上爬，然後伸手抓住較粗的樹枝。

他先是整個人吊掛在樹幹上，接著再對雙手使力。

樹枝因外力而彎曲，上頭的雪嘩啦啦地落下。

仰頭看著愛藏往上爬的日和，嚷嚷著「人……人家也一起！」然後脫下腳上的草鞋。

看到日和以跟自己同樣的方式爬到樹上，愛藏以手扶額，嘆了一口氣。

「真是個野丫頭……！」

「反正人家是土包子嘛。」

從小時候開始，日和就經常爬樹，所以這點小事可難不倒她。

「要是摔下去，我可不管妳喔。」

說著，愛藏抓著樹枝擺盪，「喝！」一聲跳到宅邸的屋頂上。

日和也有學有樣地跳到屋頂上，但腳步卻因為踩到被積雪弄濕的屋瓦而打滑。

「哇！」

日和驚慌失措地喊出聲，愛藏連忙伸出手揪住她羽織外套的衣領。

屋頂上的雪嘩啦啦地墜至地面。

「真是……所以我才叫妳在下面等著啊！」

～終曲～

「沒事！」

「沒事妳個頭啦。身上穿著和服，還跟人家爬什麼樹啊！」

「啊！對了，這是人家的奶奶親手幫人家縫製的和服喔！」

「我又沒問妳這個……」

兩人壓低音量這麼對話時，窗戶被人從內側打開。

「你們在別人的家裡做什麼？」

將手靠上窗框的勇次郎，帶著一臉「真受不了……」的表情開口問道。

愛藏和日和先是朝彼此望了一眼，接著對勇次郎露出得意的笑容。

「「我們來接你了。」」

♪ ＊ ♪

從宅邸後門溜出去之後，日和與愛藏「呼……」地吐出一口氣。

原本以一隻手掩著臉的勇次郎，此時終於忍不住笑出聲來。

「竟然偷偷摸摸溜進來……一般人不會做這種事吧。你們在想什麼啊？」

「還不是因為你都不接電話！而且，主謀可是涼海喔。」

「咦！你說人家？提議要這麼做的人明明是你耶，柴崎同學！」

勇次郎表示「真是難以置信……！」，顫抖著雙肩笑個不停。

（染谷同學又笑了……！）

夏季演唱會結束那晚，被日和拉著瘋狂奔跑了好一段距離後，他也看似很開心地笑了好久。

（人家或許對他這樣的表情有些缺乏抵抗力呢……）

日和感受著自己怦然心動的反應，將雙手按上胸口。

「走吧，去新年參拜。」

「嗯……嗯！」

愛藏和勇次郎率先踏出步伐，日和也從後方跟上他們的腳步。

「你幹嘛不接電話啊？」
「我想說八成是你打來的。」
「既然知道就接啊。說不定有什麼重要的事吧？」
「重要的事？例如？」
「咦……例如我家的貓……之類的？」
「我下次絕對不會接。」
接到自己的邀約，或許只會讓這兩個人覺得很麻煩——這樣的擔憂，其實一直存在日和的心底。
但現在，她將拎著束口袋的手放在後方，慢慢跟在兩人的身後前進。
（有主動約他們，真的是太好了……）
三人來到位於附近的一間小型神社。
燈籠的光芒照亮了神社，但裡頭看不到其他來參拜的遊客。
三人一起穿過鳥居前進，投下香油錢後，伸手輕輕搖晃正殿前方的搖鈴。

日和跟兩人一起拍了兩下手，然後閉上雙眼。

人家想許的願望有很多個，但最重要的還是——

「希望染谷同學和柴崎同學的願望能夠實現！」

聽到日和將願望說出口，站在她兩旁的兩人同時「咯！」地笑出聲。

「你們為什麼要笑啊！」

「許願的時候，應該是在內心默默向神明祈禱才對吧？」

「比起我們，妳還是請神明保佑自己不要在工作時捅漏子吧。」

「你們又這樣一起嘲笑人家……！」

日和氣呼呼地鼓起腮幫子，身體也微微顫抖著。

（人家是很認真在許願耶～～！）

笑得樂不可支的兩人，轉身朝鳥居的方向走去。

「啊，等等～～」

慌慌張張想要追上他們的時候，腳上的草鞋不知踢到了什麼，讓日和整個人被絆倒。重心不穩的她跪坐在地，和服的下襬也全都沾上了雪。

「冒失鬼……」

「妳在幹嘛啦？」

轉過身來的兩人同時對她伸出手。

日和有些吃驚，不禁抬頭望向他們。

愛藏和勇次郎臉上都帶著「真拿妳這傢伙沒辦法」的笑容。

這一年，日和完全無法想像的事情接二連三地發生了。

在這之後，想必也會是這樣的狀態吧。

日和緊緊握住兩人朝自己伸過來的手。

之後，不管發生了什麼事。

epilogue

～終曲～

身旁都會有這兩人相伴。

所以，沒問題。一定可以克服——

「人家會努力的……」

The end

HoneyWorks 成員留言板！

Gom

shito

感謝將《女主角培育計畫》小說化!!
還請大家多多支持坦率又老實的日和。

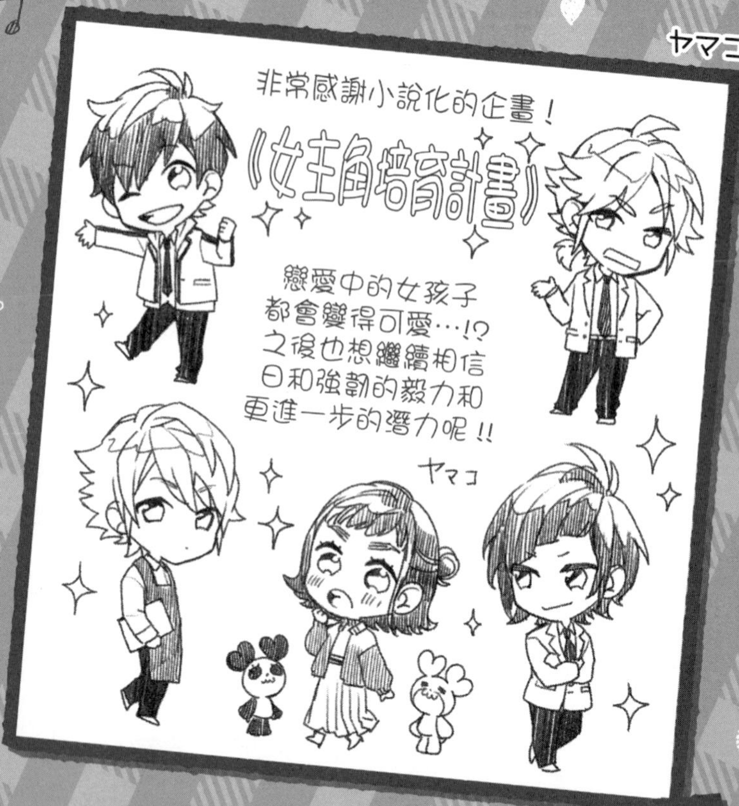

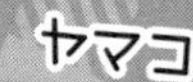

非常感謝小說化的企畫！

《女主角培育計畫》

戀愛中的女孩子
都會變得可愛…!?
之後也想繼續相信
日和強韌的毅力和
更進一步的潛力呢!!

ヤマコ

モゲラッタ

Oji

感謝大家閱讀本作!!
好驚人的培育過程啊…
好厲害的計畫啊…
再會～!!!

Oji

支援成員!

能夠改造彼此,
真的是最棒的事情呢。

ziro

AtsuyuK!

我也好想讓LIP×LIP
來改造我的人生喔…

AtsuyuK!

ziro

小和、
燈里美眉,
這樣的暱稱真好呢…

中西

cake

恭喜《女主角培育計畫》出版～♪
能夠讓LIP×LIP來改造自己,
簡直像是作夢一樣呢!
日和感覺還有很多成長空間,
真是令人羨慕…
我也努力來改造自己吧!!

cake

中西

Who's next?

國家圖書館出版品預行編目資料

告白預演系列. 12, 女主角培育計畫/HoneyWorks 原案；香坂茉里作；咖比獸譯. -- 初版. -- 臺北市：臺灣角川股份有限公司, 2021.08

面；　公分. -- (Kadokawa fantastic novels)

譯自：告白予行練習. 12, ヒロイン育成計画

ISBN 978-986-524-699-0(平裝)

861.57　　　110010995

Kadokawa
Fantastic
Novels

告白預演系列12

女主角培育計畫

（原著名：告白予行練習 ヒロイン育成計画）

2021年8月25日　初版第1刷發行
2023年6月19日　初版第2刷發行

原案：HoneyWorks
作者：香坂茉里
監修：Virtual Johnny's Project
插畫：ヤマコ
譯者：咖比獸

發行人：岩崎剛人
總編輯：蔡佩芬
副主編：林秀儒
美術設計：宋芳茹
印務：李明修（主任）、張加恩（主任）、張凱棋

發行所：台灣角川股份有限公司
地址：104台北市中山區松江路223號3樓
電話：（02）2515-3000
傳真：（02）2515-0033
網址：www.kadokawa.com.tw
劃撥帳戶：台灣角川股份有限公司
劃撥帳號：19487412
法律顧問：有澤法律事務所
製版：尚騰印刷事業有限公司
ISBN：978-986-524-699-0